ぼくたちと駐在さんの700日戦争 5

ママチャリ

目次

第8章　すもももももも … 5

- 第1話　ワッショイ！（1）
- 第2話　ワッショイ！（2）
- 第3話　ワッショイ！（3）
- 第4話　くりはし（1）
- 第5話　くりはし（2）
- 第6話　くりはし（3）
- 第7話　ノースキャロライナ（1）
- 第8話　ノースキャロライナ（2）
- 第9話　ノースキャロライナ（3）
- 第10話　ノースキャロライナ（4）
- 第11話　ネスカフェな午後（1）
- 第12話　ネスカフェな午後（2）
- 第13話　ネスカフェな午後（3）
- 第14話　夜のバス（1）
- 第15話　夜のバス（2）
- 第16話　夜のバス（3）
- 第17話　ハートブレーカー（1）
- 第18話　ハートブレーカー（2）
- 第19話　ハートブレーカー（3）
- 第20話　ハートブレーカー（4）
- 第21話　唐沢橋・バス停（1）
- 第22話　唐沢橋・バス停（2）
- 第23話　唐沢橋・バス停（3）
- 第24話　ミステリーレディ（1）
- 第25話　ミステリーレディ（2）
- 第26話　ミステリーレディ（3）
- 第27話　すもももももも（1）
- 第28話　すもももももも（2）

番外編　ふりむき地蔵 ………………………… 167
　　第1話　問題児（1）
　　第2話　問題児（2）
　　第3話　目撃者（1）
　　第4話　目撃者（2）
　　第5話　目撃者（3）
　　第6話　目撃者（4）
　　第7話　時計泥棒
　　第8話　犬神（1）
　　第9話　犬神（2）
　　第10話　犬神（3）
　　第11話　ゆびきり（1）
　　第12話　ゆびきり（2）
　　第13話　ゆびきり（3）
　　第14話　木漏れ日（1）
　　第15話　木漏れ日（2）
　　第16話　木漏れ日（3）
　　第17話　猜疑（1）
　　第18話　猜疑（2）
　　第19話　定義（1）
　　第20話　定義（2）
　　第21話　追伸（1）
　　第22話　追伸（2）

特別編ショート　夏いちりん ……………………… 281

第8章
すもももももも

第1話　ワッショイ！（1）

　6月1日。晴れ。
　天気はどうでもいいのですが、この日が共学校の男子高校生にとって、いかに大切な日であるかは、いまさら説明には及ばないかもしれません。

　そうです。「衣替え」。
　どこの学校も、この日を境に、女子はブラウス、男子はワイシャツ（後者はどうでもよい）になり、学校がパァっと明るく、さわやかになります。
　特に、女子が２／３以上を占めているという「恵まれた環境」の我が校においては、前日である５月31日までとはまるで別世界！
　西条くん曰く「白い花園」。
　ああ‥‥‥‥男子校の皆様。謹んでお悔やみ申し上げます。

「俺は衣替えつくったやつを表彰してやりたい！」
　と、西条くん。
　衣替えは「発明品」ではないと思うのですが。

「プール開きつくったやつは、もっと褒めてやりたい！」
　プール開きも「発明品」ではありませんが、つまりは「そういう基準」です。

　が、西条くんならずとも、衣替え直後の女子のブラウス姿は、多くの男子生徒にとって、やはり特別なものでした。
　その純白さは、彼女たちを（中身はどうあれ）ことさら清純に見せましたし、襟元のボタンの隙間から時折かいま見える胸元。そしてなによりなにより背中にくっきりと浮かぶ　⊥⊥！
　そう！　ブラのライン！
　ああ……男子校の皆様。謹んでザマミロです。

　それだって、数日もすれば、それなりに見慣れてしまうのですが、衣替え当日は、どうしても男子生徒のテンションは「高止まり」してしまうのでした。

「これぞ共学の醍醐味だよな！」
　ほらね。
　アジト教室の話題は、「衣替え」でもちきりです。
　特に、西条くんは、朝からテンションマックスで、それを女子の前では「ひた隠し」にしてきたので、放課後に暴発。

「共学校を考えたやつって、なんでノーベル賞とらないんだろ？」
　ノーベルの遺志がそこにないからです。

「とにかく、このサービスはたまんないよな〜〜〜〜」
　サービスでもないのですが。
「だよな、だよな！」
「賛成！」「賛成！」「異議なし！」「以下同文！」
　異議がないからと言って、なにひとつ変わることなどないのですが、孝昭(たかあき)くんはじめ賛同者圧倒的多数。
　民主主義と言うならば、アジト教室での結論は、『衣替えという学校のサービスはたまらない』。
　ああ……男子高校生……。

　しかし、問題はここからです。
　衣替えは上半身の露出度が上がるので、当然ながら話題は「上半身」に集中。

「宮崎(みやざき)、去年より胸デカくなったと思わないか？」
　いやいや。西条。自分の視点を全員に押し付けてはダメだろう。
　みんながみんな、宮崎さんに注目してたと思ったら大間違い……、

「あ。西条も気づいてた？」
「だよな、だよな！」
　‥‥‥ではありませんでした‥‥‥。

「賛成！」「異議なし！」「以下同文！」

『類は友を呼ぶ』という孟子の格言（ウソ）を忘れておりました。
　議会制民主主義により、『宮崎さんの胸は去年よりデカくなった』で可決。
　しかも、その理由は、
「やっぱ、宮崎、牛乳飲んだかな？」
「かもなー」
　西条くんは、「胸は牛乳飲めば大きくなるもの」と、信じて疑いません。
「賛成！」「異議なし！」「以下同文！」
　というわけで、『宮崎さんは牛乳飲んで去年より胸デカくした』決議案も採択。

　こうして、次から次に、意味のない「議決」が定まって行く中、
「和美は見た？」
　胸の話題となれば、和美ちゃんに白羽の矢がたつのは、

時間の問題でした。
　なぜなら、和美ちゃんは、学年でも抜群のプロポーションを誇り、特にEカップの発達した胸は、こいつらならずとも、男女羨望の的だったのです。

「こないだ朝礼の帰りによー。俺の背中に和美の胸あたってよ〜〜〜〜」
「え！　そいで？　どうだった？」
「ふたつあったぜ！」
「ったりまえだろーがぁー！」
「誰が数かぞえろって言った？」

　僕は、和美ちゃんが話題にのぼることが、あまりおもしろくありません。
　けして、つきあっているわけでもないのですが、彼女は、中学時代から「僕を好き」と公言しており、それは学年で知らない者がいないほどの「周知の沙汰」でした。そのせいか、彼女がそうした「色眼鏡」で見られることが、どうにもいたたまれなかったのです。

「和美の話はやめろよ」
　と、たまらず僕。
「あ？　お前、とうとう和美とつきあったのか？」

「いや……そういうわけじゃないけど………」
「じゃ、お前のもんじゃねーじゃん」
「そりゃ……まぁ………」

「したがって和美のEカップはみんなのものだ!」
　絶対ちがうと思います。
「賛成〜〜〜〜」「異議なし〜〜〜」「以下同文〜〜〜」
　こいつらは………。

　が、彼らから「議決権」をとりあげるのは、実に簡単です。

〝それ以上の議題〟を提供してあげればいいのです。
　それも強烈（きょうれつ）な議題。

「そう言えば、朝、奥さんもブラウスだったなー」

「!」「!」「!」「!」「!」「!」「!」

「奥さんって………」
「駐在の?」
「奥さん?」
「加奈子（かなこ）さん?」

ほらね〜〜〜〜〜。

「そう。駐在さんの奥さん」

　なにしろ和美ちゃんの胸がどうあれ、所詮(しょせん)は高校生。それに対し、奥さんは「奥さん」ってくらいですから、色気もなんでもある「大人の女性」。
　和美ちゃんを「青いレモン」とするなら、
「奥さんは、『完熟の桃』！」
　だ、そうです。
　それも、テレビでだってそうそう見られない「超美人」。

「え〜〜〜〜！　奥さん、ブラウスっちゃってたの？」
　聞いたことのない動詞ですが。
「そう。ブラウスっちゃってた」

　ここでとどめ。
「それもかなり薄い‥‥なんていうか、スケた‥‥‥？」

「スケブラ〜〜〜〜〜〜〜〜〜〜〜!!??」

　というわけで、『完熟した奥さんの衣替えもひと目見よ

うツアー』決定！

第2話　ワッショイ！（2）

　駐在所へと向かう道すがら、
「いや〜〜〜〜。人妻にも衣替えがあるんだなぁ」
　と、西条くん。
　別に「人妻」にあるものではありませんし、高校生が吟味することでもありませんが、
「妻帯者(さいたいしゃ)はいいよな〜〜〜」
「ああ、まったくだ」
　駐在所勤務者は、ほぼ全員家族持ち。つまり妻帯者です。
　高校の時分というのは、どういうわけか、（若い）妻帯者がうらやましかったものでした。
　我が校も、女子が２／３を占めているとはいえ、そのほとんど全てが、実際には手に入らない、言わば「絵に描いた餅(もち)」でしかありませんが、「妻」は、ちがいます。
　特に、駐在さんのような爬虫類(はちゅうるい)が、人類の、それも、あれだけ美人の奥さんの、
「衣替えを自由に見れるとは……」
　許せなかったわけです。

「いやいや。西条。駐在は透けブラウスどころか、中身も見放題なんだぞ？」
「そうだそうだ。なんたって奥さんだから」
「くっそ〜〜〜〜〜〜！　ゆるせね〜〜〜〜〜〜〜！」
　人間、どこでどういう恨みを買うか、わからないものです……。

　こうして、闇雲に駐在所に向かった僕たちでしたが、
「奥さん、いるかなぁ」
「どうだろ？」
　かんじんなところが抜けていました。

「最近、けっこう交番に出てるよね」
「そうなのか？」
　警察官を兄に持つ千葉くんの話によれば、
「駐在所勤務の警察官の妻というのは、ちょっと特別な立場なんだ」
「どういう立場だ？」
「いつでも離婚していいとか？」
「浮気が罪に問われないとか？」
　君たちの「希望」は聞いていません。

第8章　すもももももも

駐在所の妻は、夫が不在のときの電話受付の他、拾得物の受付や、荷物のあずかりなどなど、いろいろな仕事をこなさなくてはなりません。このための手当ても支給されており、いわば準警察官みたいなものなのです。
　わが町の駐在さんも、やたらと外出が多かったために、奥さんは頻繁(ひんぱん)に交番に現れ、それはそれはかいがいしく、来客の対応にあたったり、電話に出たり、男子高校生に美貌(びぼう)を見せてくれたり、しているのでした。
「そりゃ手当ても出るわ〜〜〜〜」
「だよな〜〜〜〜〜〜」
　へんに納得する僕たちです。

　しかし、現地に着くと、期待の「手当ても出ているほどの美貌」はなく、その代わりと言ってはなんですが、僕たちの、「世の中で最も見たくない衣替え」を目にすることになりました。

　そうです。警察官の衣替え。
　駐在さんです。
　警察官も、6月1日は、衣替えなのです。

「げ！　なんで、駐在がいるんだ？」
　駐在所だからではないでしょうか？

「なまいきに衣替えしてやがる！」
「ああ、しなくっていいのにな」
「駐在は、脱皮できるだろ、脱皮！」
「言えてる」

　ところが、この会話が聞こえたのか、
「お！　お前らーーーーーーー！」
　脱皮できる警察官に、気づかれてしまいました。

「ちょっと来い！」

　しまった‥‥‥‥。

「ああ‥‥‥桃、見に来たのに、なんでトカゲ‥‥‥‥」

「あん？　西条、なんだ？　桃って？」
「いえ。こっちの話です」
　まさか「警察官の妻」のことです、とは言えません。

　駐在さんが呼びつけた理由は、
「お前らぁ！　２人乗りすんなって何度言われたらわかんだ？　学校連絡すっか？　あ？」

見えてたのか……。なんて視力のいい人でしょ？

　しかしこれに、西条くんたち、猛反発。
「え？　俺ら、２人乗りなんかしてねーぜ？」
「そうそう。実は尻、ついてないんですよ〜〜〜〜」
「うんうん。足、ついて一緒に走ってただけ」
「駐在さん、２人乗りに見えたの？」
「バカだなぁ」
　無茶です………。

　なのに、
「駐在がアホだと思う人〜〜〜〜」
「はい！」「賛成！」「以下同文！」

「ほほぉぉぉぉおお」
　駐在さん、頬をピクピクいわせてましたが。

「じゃ、そうやって、さっきと同じように走ってみろ」
「え？」
「だから尻ついてないんだろ？　足着いて走ってみろ」

「よ、よ〜〜〜〜し………見てろ………！」
　西条くん、孝昭くんの荷台に、尻をうかせながらまたぐ

と、
「行け〜〜〜〜〜〜〜！」
「よ、よし！　せ〜〜〜の〜〜〜〜〜」

　ドテッ！

　当たり前ですが、一発でコケました。
　しかも、顔面、荷台に強打。

「い、いてて‥‥‥‥‥‥」

「わははははぁ！　バカめぇ！　テキトーこくからだぁ！」
　駐在さんは、鬼の首でもとったかのようです。

「く‥‥‥‥‥‥」

「そいじゃ、俺が勝ったから、罰は受けてもらうぞ？」

「はあ？」

　いつ「勝ち負け」が出てきた？

第3話　ワッショイ！（3）

　で。駐在さんの考えた「勝負に負けた」罰、というのが。

「ぼくたちは〜〜〜………」
「自転車で２人乗りは〜〜〜………」
「もうしません〜〜〜〜………」
「ゆっくり走ろう〜〜〜………」
「〇〇県〜〜〜〜………」

　みんなで並んで「街角宣言」。
　めっちゃ恥ずかしい……。

　のに、
「こらぁ！　声が出てないぞぉ！」

「くそぉ………」
「いい気になりやがってぇ………」

「ゆっくり走ろう〜〜〜〜〜〜〜！」
「〇〇県〜〜〜〜〜〜〜〜〜！」

この『ゆっくり走ろう〇〇県』は、この頃、全国的に採用されていた標語『ゆっくり走ろう　日本列島』の亜流で、各県ごと、全国で使われていた、ちょっとした流行語大賞でした。
　なにしろ、どこの県に行っても、カーショップはもちろん、ドライブインでも、みやげ屋でまで、この標語ステッカーが売られていたものです。警察庁にすれば、歴史的大ヒット作でした。

　けど、高校生が街角で叫ぶほどでもない。

「ゆっくり走ろう〜〜〜〜〜〜〜〜〜〜！」

「声出せぇ！　声ぇ！」
　しかも、駐在さん。すっかり応援団気取り。

「ゆっくり走ろう〜〜〜〜〜〜〜〜〜〜！」
「2人乗り〜〜〜〜〜〜〜〜〜〜〜！」

「こらぁ！　孝昭いい！　ちがうだろうがぁ！」

「ああ……るせぇ………」

「ったく………。なんだってこんな罰を………」

　しかもなんとその交差点に。
「げ……うちの女子だ……」
　というか、噂の和美ちゃんたちではありませんか！
　バス通学である和美ちゃんたちは、はす向かいにあるバス停へと向かっていたのでした。
「そっか……。バス時間だ……」
　って、ことは。次から次にバス通学の生徒たちが集まってくるってことで……。

　なのに駐在さんは、
「ん？　どうした？　誰がやめていいっつった!?」
　まだ応援団長ゴッコやってます。
　冗談じゃありません。
　同級生だけならともかく、このままでは後輩の女子たちにも、さらし者です。

　というわけで、なんとか、この場をごまかそう、と考えたのが。

「胴上げ」
　なんの脈略もなく、いきなり「胴上げ」。

僕が全員にめくばせすると、
「うん」
「よっしゃ」
「異議なし！」

「うおぉーーーーーーーーーー！」

　突如みんなで駐在さんに寄ってたかりまして。

「駐在さん、ばんざ〜〜〜〜〜〜〜い！」
　いきなり、バンザイ。
　意味もわからず、バンザイ。

「う、うわ！　きさまら！　なにをする！」
　本人たちが意味わかってないくらいですから、駐在さんはもっとわかりません。
　でも、もう止まりません。
　駐在さんも、柔道の達人ですが、こっちには、それに勝るとも劣らない西条くんがいます。
　最初に、西条くんが、駐在さんをガッチリとホールドすると、
「今だ！　持ち上げろ！」

「おお!」

「ワッショイ! ワッショイ!」「ワッショイ! ワッショイ!」

「のわ～～～～～～～～～!!」

　駐在さん。たぶん結婚式以来の空中遊泳。

「ワッショイ! ワッショイ!」「ワッショイ! ワッショイ!」
「こら～～～～～～～～～～!」
　空中で必死に暴れる駐在さんですが、人間、空で動けるようにできてません。
　しかも、こっちは8人。

「ワッショイ! ワッショイ!」「ワッショイ! ワッショイ!」

「き、きっさまらぁ!　逮捕するぞーーーーー!」
　胴上げで逮捕された例ってあるんでしょうか?
　当然、そんな脅しに屈していられません。
　ここでやめたら、もっとえらいことです。

「ワッショイ！　ワッショイ！」「ワッショイ！　ワッショイ！」
　あとは、こうして、ひたすらバスが出るのを待つだけ。

「ワッショイ！　ワッショイ！」「ゆっくり走ろう！」
「ワッショイ！　ワッショイ！」「○○県！」
　言いつけも、きちんと守るのが、**僕たちの偉いところ**
です。

「ワッショイ！　ワッショイ！」「ゆっくり走ろう！」
「ワッショイ！　ワッショイ！」「○○県！」
「バカヤロ〜〜〜〜〜！　おろせ〜〜〜〜〜〜！」
　駐在さん、顔真っ赤。
　怒ってるからなのか、恥ずかしいからなのかわかりませんが、「絶対おろせない」ということだけは確かです。

　が、胴上げしているうちに。

　ゴン。

　なにかが駐在さんから、落ちてきました。

第8章　すもももももも

「ん？」
　駐在さんも気づきました。
　それが、
「こ、こら！　きさまらぁ！　拳銃（けんじゅう）！　拳銃が！」

　なんと拳銃！

「え～～～～～～～～～～？」

　警察官のベルトは、夏服用と冬服用では違います。
　もちろん、切れたり、落ちたりしないように、非常に頑（がん）丈（じょう）に造（つく）られてはいるのですが、「胴上げ」を想定して造られているかどうかは、はっきり言って疑問です。

　道路にゴロンと落ちた拳銃の、その怖いこと怖いこと！

「うわ～～～～～～～～～～～～～～」

　僕たちは、当然、退散！
　退散ったら退散！
　なんでか理由はわかりませんが、とってもやばい気がしました。
　まぁ、警察官、勝手に胴上げしてる時点で、かなりやば

いのですが。

「きっさまら～～～～～～～～～～～～！」

　駐在さんが、背中越しに罵声(ばせい)をあびせていますが、かまってられません。

「こ、衣替えって‥‥‥‥おっかないな」
「賛成」
「異議なし」
「以下同文」
「わっしょい」

第4話　くりはし（1）

「くそ～～～～。これでまた駐在所前、しばらく通れないぞ」
　善後策会議。
　警察前を通れないのは、毎度のことではあるのですが、あまり前向きな人生とは言えません。

しかし。
　6月に入ると、衣替えとは別に、学校には、もうひとつの大きな変化がありました。梅雨（つゆ）に入る為に、自転車通学の生徒たちが、一斉にバス通学に切り替わるのです。

　バス通に切り替えている久保（くぼ）くんたちが、
「俺らはバス通だから関係ねーや」
「俺も～～～」
　千葉（ちば）くんも、
「おいらも～～～～」

　くそ～～～～～～ブルジョワジーがぁ！
　僕だけは、雨が降ろうと槍（やり）が降ろうと（実際にそういった天候はありませんでしたが）、自転車通学でしたので、シャレになりません。
　貧乏はつらいよ。母ちゃん………。

　しかし「金持ち」だけが災難に遭（あ）わない、というのも、なんとも許しがたいので、
「まぁいいや。僕だけ、奥さんのスケスケブラウス楽しむから」

「え！」

「あ!」
「それがあったか!」

「こないだなんか、奥さん、傘貸してくれたし〜〜〜」
「マジっすか!?」
「あの奥さんの傘!?」
「そう! それもスケスケの傘だ!」
「おおおおおお‥‥‥‥」
　単なるビニール傘でも、「スケスケ」と言われると興奮してしまう男子高校生の性(さが)。哀(かな)しい生き物です。

「まぁ。君たちブルジョワジーは、VIPなバスで通えばいいさ〜」
　せいいっぱいの負け惜しみ。

「それがVIPでもない」
　と、久保くん。
　まぁ。バスですから。VIPは、流れで言ったまでだったのですが、
　事情は、ちょっと違いました。
「今度新しく来たバスの運転手なー」
「ああ。乱暴なんだよなー」
「てか、すっげぇヤなやつなんだ」

「へぇ。そうなの？」
「そう。ちょっとでも遅れたヤツは、走ってきても置いてけぼりだしな」
「こないだ千葉がふざけてたらなぁ」
「そう。いきなり急ブレーキ踏まれてさぁ」
「おかげで、顔しこたまぶった」
「へぇ‥‥‥‥‥」
「で、久保が怒ったら怒鳴(どな)り返してきやがんの」
「めずらしいね‥‥‥」
「俺らだけじゃないぜ。こないだ女子が、銭払うのに5000円札しかなくってよ。やっぱ怒鳴られてた」

　僕たちの学区内のバスは、公営ではなく、普通の民間企業が運営しておりましたので、それはちょっと意外な話でした。まぁ、公営だと「乱暴で当たり前」というのもヘンではあるのですが。

「なんかよ。ダンプの運ちゃんくずれらしいんだよなー。あの運転手」
　情報通の久保くんが言うのですから、おそらくそうなのでしょう。
　当時に限らず、大型トラック運転手から、バスの運転手

への転向は少なくありませんでした。そしてそれは、たいてい運転に表れていたものです。乗用車でも、運転には性格が出るものですが、バスだって実は同じ。

「お前があのバス乗んないのは正解だって」
「そう？　なんで？」
「だって、お前だったら〜〜〜〜〜」
「絶対復讐してる、な！」
「ああ。間違いない！」
「必ず報復してる！」
「賛成！」
「異議なし！」
　民主主義はもういいよ……。
　僕の性格まで多数決じゃかないません。

　しかし。そこまで言われると、会ってみたくないでもない……。

第5話　くりはし（2）

　翌朝。雨が降って、僕は、「バス通」をやってみるか悩

みましたが、結局のところ、バス時間にはとうてい間に合わず、やっぱり自転車をこいでいるのでした。
　バスにも間に合わなかったくらいですから、当然、駐在所を避ける余裕もなく、ただひたすらの最短距離。

　すると、その手前あたりで、
「おーーーーーーーーい！」
　後ろから声をかけて来たのは、
「あ。千葉ぁ。お前、今朝は、バスじゃないのか？」
「うーん。なんつーか、スケスケ傘ってのに興味があって〜」
　まじ？
　まじにバカ？
「冗談だ。バスに乗り遅れたんだよ」
「なんだ。同類かぁ」
「まぁ、あんなバスなら乗んないほうがマシだけどな」
　よほどひどいようです。
「ふうん‥‥‥‥」

　雨の日の自転車通学は、傘をさしての片手運転。
　当時は、今ほどに自転車の片手運転にうるさくなく、これが常識でした。

　そして問題の駐在所前。

今日は、遠回りをする余裕はありません。
　僕も千葉くんも、傘を深くさし、顔を隠しての通過。
　まるでそこに「指名手配」の写真でもあるかのような後ろめたさ。当たり前ですが、ブラウス奥さんがいるかなど、確認する余裕もありません。

　なのに。
「おおい。ママチャリ！　千葉！」
　ああ‥‥‥‥。
　つかまっちゃいました‥‥‥。

「あっと。駐在さん‥‥‥昨日はどーも‥‥‥‥」
「あん？　なんだ？」
「いえ‥‥‥あの‥‥‥‥拳銃‥‥‥‥すみませんでした‥‥‥‥」
　一応素直に謝ってみましたが、「拳銃すみません」という謝罪もまた、極めて珍しいというか、聞いたことないというか。少なくとも、高校生らしくはありません。

「あ？　別に拳銃は気にしてないぞ。お前らが落としたわけじゃあるまいし」
　意外なことに、とっても寛大な駐在さん。
「あれ‥‥‥。あ、そうでしたか」

「それより、お前ら。これ、自転車に貼れ！」
　と、手渡したのが、
『ゆっくりはしろう　○○県』と書かれた緑色のステッカー！　30センチ近くもある、かなり長いステッカーです。

「ええ？　自転車にですか？」
「なんだ。うれしくないのか？　裏はがすと、ペタッてくっつくんだぞ？」
　ステッカーって、そもそもそういうものです。
「いや‥‥‥駐在さん。小学生じゃないんですから」
「お前らは小学生並みだろーが」
　ぐぅ‥‥‥‥！
　なんだってこう、感情の逆なでのうまい警官なんでしょ？

「でも、ちょっと‥‥‥‥」
　そんなひらがなだらけのダサいステッカー。さすがに今時の高校生は貼れません。
　僕と千葉くんが躊躇していると、
「ママチャリ。警察官から拳銃をうばったとなると、少年院‥‥‥」
「貼りますともっ！」

クソ～～～～。
　やっぱ根に持ってんじゃん！
　しかも、いつの間にか「拳銃泥棒」にされてます。シャレになりません。

「そーかそーか！　やっぱ貼りたいか！」
「も、もちろんですともっ！」
「貼りたくってウズウズしてましたぁ」
　千葉くんも僕も、とりあえず、その場しのぎです。なにしろ遅刻寸前。

「だろ？　今、キャンペーンなんだ。さっそく貼ってやる！」
「え！」
「だって学校に遅刻‥‥‥」
「心配すんな。あっという間だ」
　と言うと、駐在さん。僕たちの自転車に、ペターっと貼り付けやがりました。『ゆっくりはしろう　○○県』

　しかも、
「あーーー！　駐在さん！　せめてまっすぐ貼ってくださいよ！」
　もともと自転車のフレームなんてもんは、どう考えたっ

第8章　すもももももも

てそれに沿って貼る以外になさそうなものを、
　貼り方……グダグダ………。シワよっちゃってるし……。

「駐在さん、図工２だったでしょ？」
「なんだとぉおおお？」
「だってこのヘタクソな貼り方……」
「図工は１だったかな？」

　はがせ〜〜〜〜〜！　今すぐはがせ〜〜〜〜〜！

第6話　くりはし（3）

　なのに。
「ん？　イマイチめだたないなー。自転車、フレーム丸いからなぁ」
　自転車のフレームが丸いからではなく、まっすぐに貼れていないからだと思いますが。真横からは、「くりはし」部分しか見えません。
　くりはし………（泣）。

「うーん。自転車はダメか？」
　自転車がダメなんじゃなく、貼り方がダメなのです。
　駐在さん、貼り直すかと思いきや。
　警察をあまく見てました。

「鞄(かばん)にも貼っとこ！」
「ええ～～～～～～～～～～～～～～！」
　なんと自転車をあきらめ、新天地を開拓！
　根性あります。
「鞄なら多少ななめでも大丈夫だ」
「いやいやいや！　駐在さん！」
「なんだ？　拳銃盗………」
「貼ってください！　ぜひっ！」

　しかし。
　ななめならななめ、まっすぐならまっすぐ。どちらかであれば、それなりなのに、さすが図工１だけあって、それは、ななめともまっすぐともつかない、なんとも微妙な角度で貼られました。

　かっこわり～～～～～～～。

「駐在さん。貼るなら、少しはまともに貼ってくださいよ

第８章　すもももももも　37

……」
「あ？　そうか！　裏もか！」
ちがう〜〜〜〜〜〜〜〜〜！

なんて都合のいい解釈力でしょう？
大人ってこれでいいのか？

が、
貼られてしまいました……。
鞄の表裏ともに
『ゆっくりはしろう　○○県』
緑色がまた、黒い鞄に映えること映えること（泣）。

「なにしろ、今回は割り当て多くってな〜〜〜。使わないともったいないし」
（『ゆっくりはしろう』ステッカーは、各地域ごとに割り当てられ、実際には、お年寄りなどには人気があった）
　だからって高校生の鞄？
　まぁいいや。駐在所見えなくなったら、すぐ剥がしてやる。
　と、心で言ったのに、
「ママチャリ。今、お前ら、俺が見えなくなったらすぐ剥がそう、って考えたろー？」

す、するどい！　職業とはいえ、さすが警察官！
「え……！　そ、そ、そんなことは微塵も〜〜〜〜」
「ないっす！　一生大切に貼っときます！」

「そうか？　大切に貼ってくれるか？」
「ええ！　もちろんですとも！　駐在さん！」
「県民としての当然の義務です！」
「ゆっくり走ろう！　○○県！」

「そうかーーーー。それはよかったーよかったーーーー」
　幼稚園の劇のごとき棒読み。

「剝がしたら、次はアロンアルフアで貼ってやるからな！
覚えておけ！」
「え〜〜〜〜〜！　アロンアルフア〜〜〜〜？」
　(1971年一般用瞬間接着剤『アロンアルフア』発売。衝撃的なコマーシャルと同時に、75年には大流行する)

「じょ、じょうだんじゃありませんって！」
「いやいや。お前らがへんな出来心さえ起こさなきゃ大丈夫だ」
　グッダグッダステッカーを剝がすのを「できごころ」とか言われてはかないません。

「あ！　やばい！　遅刻だ！」
　と、千葉くん。
「あ、ほんとだ！　駐在さんのせいでーーーー！」
　大慌てで「くりはし」ステッカーの貼られた自転車をこぎ出しました。
「くっそぉ………かっこわりぃ〜〜〜」
「まったくだな」
「とにかく急ごう！　やばいぞ！　遅刻番してるかも」
「おお！」

　と、その後方から、
「こらこら！　お前らーーーーーーー！」
　駐在さんが声をかけたので、自転車を止めまして、
「はいーーーー？　まだなにかーーーー？」

「ゆっくり走れよ」

バカヤロ〜〜〜〜〜！
なにをのどかなことを！

当然遅刻の僕と千葉くん。
さっそく校門でつかまっちゃいました。

「お前ら。遅刻だぞ！」
　生活指導の工藤(くどう)先生です。

「なんで遅れた？」
「えっと〜〜〜〜。ゆっくり走ったので」
「**ぬぁんだとぉおおおお？　遅刻のくせにゆっくり走ったから遅れただああああ？**」
　めっちゃ怒ってます。

「でも先生」
「なんだ!?」
「ゆっくりはしろう　○○県」
　鞄のステッカーを見せましたが、

「**学校ナメとんのかあああああ!!**」

　前門の虎。校門の狼。

第7話　ノースキャロライナ（1）

　ところが、この日、僕たちよりも、遅刻してきた集団がありました。
　久保くんたち、バス通学者たちです。

「ありゃ？　バスもゆっくり走ったのか？」
「何の意味だ？」
　極めて不愉快そうです。

「だって………」
　バスなんてものは時間が決まっているわけで、よほどの大雪でもなければ、遅刻などはありえないものです。
「ちがう。乗客のひとりがゼニ持ってなくってよ」
「へぇ？　ウチの生徒？」
「生徒は定期だろーが！　婆さんだ！　婆さん！」
「それで？」
「結局忘れてきたんだろーけどよー。もう、これ以上ないだろってくらいに財布探してんだ。ちと気の毒だったよなぁ？」
「ああ」

と、同じバスに乗り合わせていた村山(むらやま)くんも。

「え？　その間、バスずっと待ってたの？」
「だから言ったろ？　そういうヤツなんだ、今度の新しい運ちゃん。もうイヤガラセだよ、イヤガラセ！」
「へぇ。よく苦情でないなぁ」
　とは言うものの、クレーム社会の現代と違い、バス会社にクレームをつけるような者は、まだまだいない時代でした。

「お前。今度、なんか天罰考えてくれよ」
　と、久保くん。
　いや……。水戸黄門(みとこうもん)じゃないんだから……。

　それに、僕には、もっと先に「天罰」を与えなくてはならない相手がおりました。
　そうです。『ゆっくりはしろう』駐在さんです。

「ところで、なんだ？　お前のそのステッカー」
　おとなしい村山くんも気づくほどの、激ダサステッカー。
『ゆっくりはしろう　○○県』。
　しかも貼り方グッダグダの微妙(びみょう)貼り。
　千葉くんはともかく。僕は普段、校内では「センスのあ

第8章　すもももももも　　43

るほう」として通っておりましたので、これはかなり堪えました。

　鞄のステッカーは、表裏、両方に貼られてしまいましたので、隠しようがありません。まだ、裏側に貼られたほうが「ななめ度合い」がましだったので、僕はその日以降、鞄の裏側を出して歩く羽目になりました。ああ。泣けてくる………。

　それでも、こんな黒地に緑色の鮮やか微妙角度ステッカーが目につかないはずはなく。
「そのステッカー。流行らせるの？」
　特に、僕の一挙手一投足が気になっている和美ちゃんなら、さらなり。
「いや………別にそういうわけじゃないんだけど」
　と、僕。
「そうなの？　君のことだから、てっきり流行らせるのかなぁって……」
　そうです！　僕は田舎のこの学校じゃ流行の最先端。トレンディなヤツなのです！　ああ、それなのにそれなのに。
「こんなひらがなステッカー、今時の高校生に流行るわけないじゃん」
「じゃ、なんで？」
「聞くなよ。和美…………」
　すると、和美ちゃん。

僕の憂鬱そうな表情と、昨日の胴上げさわぎから悟ったのか、
「あ！　で、でも、なんか素敵だよね？」
　突然、『なぐさめモード』に入りました。
　すてきぃい???
「この微妙角度のひらがなステッカーがぁ？」
「うん。君がしてると、なんか素敵！」
「そ、そうかな‥‥‥‥？」
　女子から言われるとまんざらでもありません。
　男子高校生の脳って単純。
　言われてみれば、なんの芸もない明朝体文字も、なんか文学っぽくも思えるし、ななめに貼られた微妙な角度も、『ピサの斜塔』にも通じるような‥‥‥‥。
　和美ちゃん、
「あの‥‥‥隣のおじいちゃんも軽トラに貼ってたよ？ウンウン」
　ウンウンて‥‥‥。
　隣のじいちゃんて‥‥‥‥。
　軽トラて‥‥‥。

ぜんぜんなぐさめになってねーじゃん!!　和美!!

　和美ちゃんの、僕への「ひいき目」を持ってしても、こ

第8章　すもももももも　　45

のありさま。『アバタもエクボ』なら、あのステッカーは、確実に『アバタ』カテゴリーです。

第8話　ノースキャロライナ（2）

　それから数日後のアジト教室。

　僕の『ゆっくりはしろう』ステッカーは、案の定、すっかり有名になっておりました。
「へぇ〜〜〜。じゃ、キャンペーン終わるまで剝がせねぇのか？　そのステッカー」
　と、西条くん。
「そうなんだ‥‥‥**剝がすと少年院**なんだ‥‥‥」
「そりゃすごいな‥‥‥」
　なんて強制力のあるステッカーでしょう。

「で、キャンペーンいつまで？」
　と、孝昭くん。
「さぁ‥‥‥」
　なんか、すでに数年続いているような気もしました。
『ゆっくり走ろう　日本列島』キャンペーン。（←実は現在

も続いている）

「はがしたら、次はアロンアルフアだって」
「アロンアルフア？」
「そうなんだよ〜〜〜。こんなもん剝がれなくなったら、鞄買い直しだ」

　すると、孝昭くんが、
「そういえば？　久保、バイクに貼ってなかったっけ？『ゆっくりはしろう、順子ちゃん』」
「あ？　えーーーっと。まぁな」
　久保くん、僕がボロクソ言った直後なので、答えにくそうです。

『ゆっくりはしろう』シリーズは、「日本列島」から始まって、各県名、街道名からアイドルスターまで、便乗商品がたくさんありました。
『順子ちゃん』は、当時、ツッパリのアイドルでもあった三原順子の『順子ちゃん』。当時の暴走族たちは、こぞって貼ってたりしていたのです。

「順子は人っ！　○○県は県っ！」
　そんなこと、久保くんに言われなくても区別つきます。

なにをそんな当然なことでいばってんでしょうか？
　しかし、みんなの感心ごとは、
「で？　どういう逆襲しかけんだ？」
「いや……別にそんな………」
　ここでひとつ後輩のジェミー、
「いっそこっちからアロンアルフア使って貼っちゃったらどうでしょうかぁ～～～」
「駐在所に？」
「はい～～～～～～～」
「バカだな。ジェミー。そんなことしたら、剥がせなくなるだろ？」
　僕たちの「貴重な理性」、グレート井上くんがたしなめます。
「そうそう。復旧不可能なことはやらないんだよ」
　と、僕。
「へぇ～～～～。そんなポリシーあったんですか～～～」
　彼は１年生なので、まだよく「いたずら」というものがわかっていません。
「そう。なにごとにもポリシーってやつが……」
「ジャマですね！」
「いや……ジェミー………」
　うーん。僕らが卒業したらどうなるのだろう？

僕は、とりたてて、このステッカーについては、逆襲するつもりでいませんでしたが（むしろ逆襲するとステッカーが増える可能性があった）、ここはキッチリ、先輩としての見本を示さなくてはなりません。

　つまりは簡単に剝がせて、強烈なダメージがあればいいわけで。
「よし！　ジェミー、ついてこい！」
「はい！」

　こうして、連れてきたのが、学校裏の紫陽花畑。
　着いたとたんに、ジェミー。
「こんなとこに、アロンアルファ、あるんですかぁ～～～？」

　ちがう‥‥‥。

第9話　ノースキャロライナ（3）

　追っかけで、みんなも到着したところで、さっそく作戦を説明する僕。

第８章　すもももももも　　49

「ここにいっぱいいるんだ。はがせる上に、ゆっくり走りたいやつが」

「ゆっくり？」
「走りたいヤツ？」

　紫陽花畑でゆっくり走りたいやつ、って言ったら、これしかいません。
　そう。「カタツムリ」です。

　学校裏の紫陽花畑は、もともとが数株だったものが勝手に増殖し、いまや隣家ギリギリまで広大に広がる花園でした。正確には、紫陽花の花と思われているものは、実はガクですので、「ガク園」。
　そこには、毎年梅雨の時期になると、カタツムリが大発生し、ご近所から学校に苦情が来るほどでした。
　地道なカタツムリ駆除（くじょ）なども行われていましたが、もともとまわりじゅうが畑のようなところ。紫陽花がなくても、カタツムリは大繁殖（だいはんしょく）を繰り返しているのでした。

「うわ〜〜〜〜〜〜〜。いるいる〜〜〜〜〜〜〜」
「うじゃうじゃいんなー」
　カタツムリも１匹ならかわいげもあるのですが、これだ

けいっぱいいるとさすがに不気味。実は「ナメクジ」の親戚(せき)であることがよ〜〜〜くわかります。

「女もなー。ひとりだと可愛いけどなー。寄ってたかるとなー……」
　寄ってたかると？
「ハーレムだな！」
　まんまじゃん……。
　そんなこったろうと思いました。
「あ〜〜〜〜寄ってたかんねーかなぁ。女！　こう、ウジャウジャと〜〜〜〜」
　またもひとり別世界へと旅立つ西条くん。
　なんでも妄想できるとは、便利なヤツです。
「あ〜〜〜〜粘液(ねんえき)がぁ〜〜、粘液がぁ〜〜〜〜」
　ここまでいけば、すでに「能力」。
　カタツムリで………。

　6月頃のカタツムリは、まだ小さく、イマひとつ迫力に欠けましたが、集めに集めた２ケース。合計で150匹！

「ずいぶんといるもんですね〜〜〜〜」
　と、ジェミー。
　ここです。ここで後輩指導。

第８章　すもももももも　　51

「カタツムリは、園芸やってる人とかにとっては害虫でしかないんだ。つまり、ここまでは人によろこばれる！　だろ？」
　なんていい言葉でしょう？
　なのにジェミー、
「粘液がですかぁ？」
　アホばっか………。

　さっそくこれをアジト教室に持ち込みまして、作業です。
　西条くん、しばし捕まえたカタツムリのケースを眺めておりましたが、
「カタツムリって雄牝(おすめす)、どうやって区別すんだ？」
　これに対してグレート井上くん。
「カタツムリは雌雄一体だよ。１匹でオスでもあり、メスでもある」
「えええええ！　そうなのか？」
　驚きの西条くん。
「ははーん。あしゅら男爵(だんしゃく)みたいなもんか？」
　ちがうと思います。
　あまりあしゅら男爵が生殖した話を聞きません。
「ってことは。ここは楽園？」
「バカだな。西条。この中は男女比いっしょってことだぞ？　それならウチの学校のほうが恵まれてるはずだ」

「あ！　そうか！」
　西条くん。なにか考えついたようです。
「あとは、ツノ出せ、ヤリ出せだ〜〜〜〜〜〜〜〜」
　意味はわかりませんでしたが、「ろくなことではない」ことはわかりました。
　ツノ出せ？
　ヤリ出せ？

第10話　ノースキャロライナ（4）

　さて。集めたカタツムリに、
「ノッポさん部隊はさぁ。これに1枚ずつシールつくってくんない？」
「シ〜〜〜ル〜〜〜〜？」
「そう。『ゆっくり走ろう○○県』のミニチュア版」
「はあああ？　カタツムリに貼るのか？」
「そ！」

「ば、バカ言え！　何匹いんだ！」
　猛反発の、ノッポさん部隊。
「だいたい大きさ考えろ！　○○県なんて細かい字書けな

いぞ！」
「そうかぁ」
　まだパソコンなどというものは存在しない時代ですから、細かい字を大量に複製するのは困難でした。
　久保くん、
「ほら！　だからここは『ゆっくりはしろう　順子ちゃん』で！」
「どこが違うんだよ！」
「だから順子は人で、○○県は県！」
「‥‥‥‥‥‥‥」「‥‥‥‥‥‥‥」「‥‥‥‥‥‥‥」
　ノッポさん部隊は、文字の複雑さを言ったのだと思うのですが。

「まぁまぁ。やれるだけやろうよ」
　なだめまくって、作り始めました。
『ゆっくりはしろう　かたつむり』
　これほどゆっくり走る動物は少ないですから、駐在さんも、キャンペーンの効果に、きっとおおよろこびされることでしょう。

　が。やっぱり150匹全部は、さすがに無理で、途中でシール作りを断念。
　しかし、ただのカタツムリでは、やっぱりつまらないの

で、殻に色を塗ってみることにしました。
　そうそう。『ノースキャロライナ』のような！
（ノースキャロライナ＝1968年、不二家(ふじや)から発売され大人気になったうずまきキャラメルキャンディ）

　そして、できあがりました！
「ノースキャロライナ」なカタツムリ。
　う〜〜〜〜ん。キュート！
　これなら女の子にも大人気だぁ！
　陸貝類だけど。

　グレート井上くん、
「なんか不気味な新種に見えないこともないな」
「まぁ‥‥‥‥」
　言われてみれば。

　こうして、『ゆっくりはしろう』なカタツムリと、とってもキュートな『ノースキャロライナ』なカタツムリを連れまして、さっそく駐在所訪問。
　実行班は、僕と後輩のジェミー。西条くんと孝昭くんの４名。

「あったあった！」

目的はシビックパトカー。
　駐在さんは、外出が多いので、長時間、車を空ける時以外、ドアにカギをかけません。ほんとにのどかな時代でした。

「よし！　放せ！」
　パトカーの室内に、うにょろうにょろとカタツムリ。
「よしよし。ゆっくり走れよ。カタツムリ」
「わはははははは」

　続いて室外です。室内とちがい、外は好きなところにつけられますから、こちらに『ノースキャロライナ』。
　まー、楽しいわ楽しいわ！　カタツムリがこんなに楽しい生き物とは知りませんでした。

　駐在さんは、なかなか出てきませんでしたが、おかげでカタツムリたちにとっては、じゅうぶんな猶予が与えられました。

　僕たちが待ちくたびれた頃。ようやく現れた駐在さん。
　シビックパトカーのドアを開き、そのまま乗り込みました。
「あれ？　平気だぞ？」

「いや。すぐ気づくよ、フロントガラス、カタツムリだらけだもん」
「ほんとだ。ハンドルにもついてやがる」

　5秒後。

「のわ～～～～～～～～～～～～～～～～～～～！」

　ミッション、コンプリート！

「ななな、なんだこれはーーーーーーーーー！」

　ノースキャロライナです。

第11話　ネスカフェな午後（1）

　しかし、これが思わぬ弊害(へいがい)を生みました。
　駐在さんの奥さん、加奈子さんが「花を育てていた」のです。

　駐在所には、けっこうな広さの庭がついていて、奥さん

は、ここでクロッカスや、パンジー、それこそ紫陽花など
を育てておられました。
　それは、前任者から、代々、奥さんにひきつがれている
もののようで、現在の駐在さんが赴任(ふにん)される以前から、ち
ょっとした規模になっていました。

　そうなのです。家庭園芸にとってカタツムリは大敵。どん
なにキュートでノースキャロライナでも、カタツムリは
カタツムリ。
　駐在さん。つかまえたカタツムリをそのへんに放ってし
まったらしいのです。
「駐在、バカだな〜〜〜〜〜」
「まったくだ」
　あいかわらず、仕掛けたことは棚の上、というか、棚の
奥。
　カタツムリの繁殖力はすさまじく、早いものは１週間程
度で孵化(ふか)します。ノースキャロライナは、ゆっくり走るの
ですが、生殖はゆっくりしてないのでした……。
「さすがあしゅら男爵………」
「だな………。こりゃマジンガーＺもかなわないわけだ
……」
　あしゅら男爵がカタツムリなみに増えたらイヤだ。

これを僕たちが知ったのは、入梅してからのことで、まさしくの寝耳に水。
　立案者であった僕は、ジェミーからまで説教される始末。
「先輩〜〜〜。ダメですよ。いたずらはポリッシュです、ポリッシュ！」
「ポリシーだろ？」

　しかたないので、駐在所出頭です。
　奥さんのための「出頭」というのも、珍しかったのですが、これには予想外の「出頭希望者」殺到。
「こらこら！　お前ら、やってないだろーが！」
「いやぁ。俺にも自首させろ！」
　自首させろって台詞(せりふ)もあんまり聞きません。
「そうだそうだ！　連帯責任だろ〜〜〜」
「友情だぜ、友情〜〜〜〜」
　言うまでもなく、前回の『完熟した奥さんの衣替えもひと目見ようツアー』のリベンジのつもりです。

　しかし。
　期待むなしく、梅雨で寒い日が続いていたせいか、奥さんは厚着でした。
「あら‥‥‥君たち‥‥‥？」
　ぱぁ〜　☆。.:*・゜

第８章　すもももももも　　59

それでも美しいものはやっぱり美しい！
「主人になにかご用かしら？」
「いえ～～～～～」
「主人にはご用はないのですが～～～～」
　まんま呼び捨て。
「俺たち～～～～」
「カタツムリの～～～～」
「粘液～～～～～～～」
　こらこら。話がズレてるぞ。

「そうなの‥‥‥。無制限に増えちゃって‥‥‥」
「すいませんでした‥‥‥‥」
「うちはまだいいんだけどね。ご近所がね‥‥‥‥」
　しまった‥‥‥‥。大失態です。
　カタツムリには国境も家の境もないのでした。

「すいません。僕らでなんとかしますから」
　が、
「でも、助かるわ。うちの主人、カタツムリみたいなヌメヌメしたの嫌いだから」
「え！　そーなんですか？」
　これは聞き捨てなりません。
　思わぬ弁慶(べんけい)の泣き所発見！

というわけで、カタツムリ駆除作戦！
　自分たちで連れてきておいて駆除作戦！

「わっはっは！　待ってろ！　あしゅら男爵」
　西条くんはノリノリです。
「いや。待て待て。西条。やみくもにやったってダメだ。卵はどこにあるかわかんないだろ？」
「あ。そうか。あしゅら男爵の基地は秘密基地だからな」
　とりあえず、そういう理解でもいいや。

　しかーし。
　相手があしゅら男爵なら、僕たちにも、兜十蔵（マジンガーZを造った博士）がおります。
　そう！　ノッポさん部隊の森田博士！
　博士は、なんてったって「下敷きから爆弾」つくっちゃうくらいなおかたなのです！

「森田の爆弾でふっとばしちゃおか？」
「いや‥‥‥花も消し飛ぶから」
　とても高校生の会話とは思えません。
　しかも駐在所で。

第8章　すもももももも　　61

第12話　ネスカフェな午後（2）

「そうじゃなくって……」
　博士がおっしゃることには、
「カタツムリはカフェインに弱い」（←本当）
「え？　ほんとか？　森田」
「ああ。だからコーヒーをまけば、そこにはカタツムリは来ない」
　おお！　なんと役に立つ知識でしょう！　下敷き爆弾とは大違い！
　西条くん、
「なーるほど。ちがいがわかるんだな？」
「ま、まぁ。そういうことだ」
「あしゅら男爵の男側は遠藤 周作だったのか」
　意味がわかりません。

　この画期的情報に奥さんも、たいへん喜ばれまして、
「え？　ほんとうなの？」
「ええ。9割の確率で駆除できます」
　9割とか、数字を言われると説得力あります。

そこでさっそく、奥さんが、大量なコーヒーを作ってくださることになりました。
「ネスカフェで大丈夫かしら？」
「ええ。大丈夫ですよ。コーヒーなら出がらしでもいいんですが」
　と、森田博士。
「ゴールドブレンドじゃなくってもいい？」
「だ、だいじょぶです‥‥‥」
　この奥さんもまた‥‥‥。
　なんつーか。美人にありがちなヌケかたです。というか、このヌケかたがまたカワユイ。美人って、なんでも許されるもんなんですね。

「えっと。クリープは？」
　さらにとどめの大ボケをかます奥さんでしたが、
　森田くん、
「アブラムシも撃退したいなら」
　まじぃ？
「え！　クリープでアブラムシいなくなんの？」
「というか、牛乳ね。クリープは牛乳からつくってるってCMやってるから、たぶん大丈夫なんじゃないかなぁ」
「へ～～～～。意外にグルメなんだな。害虫」
　駆除って言ってるでしょ？

さて、コーヒーもできあがりまして、いよいよ散布！
全員、散布用にカッパを着込む力の入れよう。
なぜカッパなのかと言いますと、まぁ、小雨模様でもあったのですが、
「なんで水鉄砲なんだよ！」
西条くんたちが、学校から水鉄砲を持ってきたからです。
高等学校に水鉄砲がある、ということが、そもそも納得できないかもしれませんが、あるのです。僕たちのアジト教室には。事実、あっちゃったのですから、弁明してもしかたありません。

西条くんたち曰く、
「これなら隣の家のぶんまでかけられるだろ？」
「そうそう。ジョウロじゃ届かねぇ」
なるほど……。
へんに説得力あります。
確かに水鉄砲なら、垣根を越えて、隣の家の菜園にも散布できるわけで、ナイスアイデアと言えばナイスアイデア。

に思われましたが、
「くらえーーー！」
「う、うわぁ！　やられた……！」

カタツムリの声じゃありません。
　孝昭くんの声です。
　まったく予想を裏切らず、水鉄砲のかけあいが始まっているのでした‥‥‥‥。

「よ、よせーーーーー！　西条！」
「わははぁ！　逃がすかぁ！」
「ば、バカヤロウ！」
「うわぁーーーーーーー」

「こらーーー！　お前ら！　まじめにやれーーーー！」
「うるせーーーーー！」

　チューーーーー！
　チューーーーー！

　が、

「命中〜〜〜〜〜〜〜！」
「ほほぉ」
「ありゃ？　カッパ着てこなかったのか？」

　ひとりだけ、カッパを着用していない人物がおりました。

「バカだなぁ。カッパ着てこいって‥‥‥‥あ？」

　それは駐在さんでした‥‥‥‥。
　いつの間に戻ってきていたのでしょう‥‥‥‥？

「ママチャリ。これ‥‥‥‥なんだ？」
「あ〜〜〜〜〜っと〜〜〜〜〜」
「ネスカフェ‥‥‥‥です」

「ネスカフェだとおおおおお？」
「はい〜〜〜‥‥‥‥」
「ちがい、わかりません？」

「ちがいはわからんがぁ！」
「はい‥‥‥‥」
「シミんなったのはわかる！」
「そ、そうですね‥‥‥」
　とってもわかりやすいです。

「夏服。おろしたばっかなんだがな？」
「あ‥‥‥衣替え‥‥‥ですもんねぇ」

「落ちると思うか？　ネスカフェのシミ！」
「えーっと。どうでしょう？　すぐ洗えば‥‥‥‥」

「そうか‥‥‥‥」
　と、言うと駐在さん、
「じゃ、俺も参加しようかな～～～～」
　拳銃に手をかけておられるのでした‥‥‥‥。

第13話　ネスカフェな午後（3）

　ランニング姿の駐在さんはご機嫌ななめです。
　ピサの斜塔とは比較にならないくらいななめ。
　もうほとんど横に倒れてます。ご機嫌。

「せっかくカタツムリ駆除に来てやったのに」
　西条くんがせいいっぱい恩着せがましく言いましたが、
「誰が持ってきたカタツムリだ？　あああああん？」
「さぁ‥‥‥‥？」

　うう‥‥早く帰りたい‥‥。

そこへ例によって救世主の奥さんが、
「まぁまぁ。だいじょうぶよ。早かったからちゃんと落ちたわ。ネスカフェのシミ」
　そう言いながら、アイスコーヒーを、なんと全員分持ってきてくださいました。
「ママチャリくん。重いから、配るの手伝ってくれる？」
「はい〜〜〜〜」
　なにしろ駐在さん入れて13杯のコーヒー。
　この人数が収まってるってだけでもたいした交番ですが、全員にコーヒー入れてくださるのも、たいへんな労力。まったくもってありがたいことです。
「すいませんね〜〜〜、奥さん〜〜〜〜〜〜」
　顔の長さよりも長く鼻の下をのばしている僕たちに、
　奥さん。
「いいのよ。カタツムリのあまりだから」
　駆除用‥‥？

　大人数で押し掛けると、もともと狭い駐在所ですから、交番の業務に支障をきたします。そこで、こうした場合には、数名の「責任者」を残してひきあげるのが、僕たちの通例でした。

　で。残ったのは、僕とグレート井上くんと、孝昭くん、

そして西条くん。毎度おなじみの４名です。
　交番、おなじみになっちゃいかんですよね。

「へぇ～。夏服って２枚しか支給されないんですか？」
「そうだ！　その１枚にお前らがネスカフェかけたんだ！」
　駐在さん、なに言っても不機嫌です。
　実際には、夏服は２種類ありますので、合計４枚らしいのですが、答えはたぶん同じ。

　駐在所勤務者は、警察署内にはロッカーはありませんので、当然、自分でこれを管理しなくてはなりません。
　現代のように「乾燥機」などというものがない時代ですので、梅雨の時期、洗濯物は、主婦の大きな悩みでした。
「もう１枚、生乾きだけど着てくれる？」
「ん～～～～～。湿っぽいのはいやだな」

「駐在ぃ。贅沢言うな」
「そうだぞ。贅沢言うな」
　西条くんと孝昭くんが言いますが、
「誰のせいだと思ってんだーーーーーーー!!」
　火に油。

しかし、
「いや。もう1枚は知らないぞ」
「そうだそうだ。俺らのせいじゃねぇ!」

 駐在さん、これにも激怒するかと思いきや。
「まぁ。そうだな」
 突然神妙になりました。
 とたんに図にのる2人。
「わかりゃいいんだ、わかりゃ」
「初めっからそう言えばなぁ」
「ああ。許してやったのに」

「誰が許せつったーーーーーーーーー!!」

 ああ‥‥これ以上刺激すんなよ。
 早く帰りたい‥‥。

 奥さんが、住居部から電気ストーブを持ってこられまして、
「じゃ、こっちで乾かしますね」
 生乾きの制服をかけました。
「あっちだとブレーカー、落ちちゃうから」
「へぇ。住居とはブレーカー分かれてるんですか」

すると駐在さん、
「当たり前だ。炊飯のたびにブレーカー落ちてたんじゃ、交番の仕事にならん」
「なるほど〜〜〜〜〜」
　今度は奥さんが、
「ほら、交番にはコピー機とか。無線機とかあるでしょ？」

　当時、巨大な電力を消費する電子レンジやクーラーが普及する以前、各家庭の電力契約は15アンペアが主流でした。
　15アンペアということは、100Ｖで1500ワットまでがブレーカーの限界。しかも、現代のようなスイッチひとつで復旧できる安全ブレーカーは、まだまだ普及しておらず、ヒューズ式と言われるもので、いちど飛ぶとヒューズを交換する必要がありました（ただし駐在所には、いち早く安全ブレーカーが採用された）。
　当時、一般家庭における最も電力を消費する家電製品は、電気釜で、600ワット〜800ワット。電気ストーブが同じく600ワット〜800ワット、つまり、6アンペア〜8アンペアですので、15アンペアのブレーカーでもおつりが来るほど余裕があったわけです。
　しかし、電気ストーブと炊飯器を合わせると、800＋800＝1600ワット（＝16アンペア）となってしまい、15

アンペアのブレーカーではギリギリ。これに電灯やらテレビが加わればあっという間にブレーカーが落ちます。

　これに対し、交番部分は、コピー機単体でも2000ワット（＝20アンペア）くらい食いましたから、住居部とは別に、25〜30アンペアのブレーカーを持っており、電気料金も別計算できるようになっていました。

　手際よく、制服をかけて、電気ストーブのスイッチを入れる奥さん。その一挙一動のなんと見目麗しいことか！いえ、僕の母だって、それくらいは毎日するわけですが、駐在さんの奥さんがやっていると、まるで別な行動に思えるから不思議です。
　僕でさえそうなのですから、西条くんや孝昭くんは、もはや桃源郷にでもいるようです。

　しかし、アイドル系な妹のいるグレート井上くんだけは、あいもかわらず冷静で、
「梅雨だと警察のお仕事もたいへんですね」
　すると駐在さん、
「ちがうんだ。実はな。こないだ川に入ることんなってな」
「鮎でもとったのか？」
　と、西条くん。

「どこの駐在が鮎とりに川に制服で入る!?」
　せっかくグレート井上くんがおさめてくれてたのに‥‥!

「そうじゃない。お前ら唐沢橋は知ってるな？」
　と、駐在さん。
「唐沢‥‥。ああ、吊り橋のことですね？」
　僕たちの町は、真ん中を、一級河川が流れていて、唐沢橋は、その川にかかる唯一の「人しか渡れない吊り橋」でした。そうそう、僕たちが『靴の墓場』（1巻参照）をやった橋です。

「あの川でな‥‥」
　西条くん、
「桃でも流れてきたのか？」
「ちがう‥‥」
　駐在さんもしゃべりづらそうです。

「あそこで女性の入水自殺あったのは、知ってるか？」
　突然声色を変えました。
「え！　いつですか!?」
「いや。10年以上昔のことらしいんだが‥‥」
「はい‥‥」

「こないだ、夜にな。あそこをパトロールしてたところ、川にな、人がいたんだ」
「え！　あの川に？」
「中にですか？」
「そうだ」

「なんで‥‥人が‥‥」
　なにしろ一級河川というほどですから、水の少ない時ならともかく、梅雨時は水量も多く、とうてい渡れるようなものではありません。

「俺も警察官だからな。ほっておけなくてな。あわてて川に入ったんだ」
「はぁ‥‥」
「それで制服濡れたんですか‥‥」
　納得。

「ところがな‥‥‥」
　さらに声色をひそめる駐在さん。

「見ると女の人のようだったんだが‥‥」
「はい‥‥」

「俺が川に入って間もなくな‥‥」
「はい‥‥」

「見えなくなっちまった‥‥」

「えええええええ！」
「まじですかあああ？」

「なななな、流されたってことですか？」
「いや‥‥そういう感じじゃなかったな‥‥どっちかって言うと‥‥」
「どっちかって言うと？」
「ふ‥‥‥っと消えちまったって言うか‥‥」

「翌日、隣のダムにも問い合わせたんだが。人があがった話はなかった‥‥‥」
「はい‥‥‥」

「あれは‥‥‥‥」
「あれは？」

「なんだったのかなぁーーーーーーーーーーー」

ビクゥッ!!!

「突然声でかくすんじゃねぇよ！　バカ駐在がぁ！」
　僕たちは、もともとが『心霊研究会』ですが、現職警察官が、こういう話をすると、さすがに怖い！

「お前らも。あの橋のあたりは注意しろよ」

「ああ‥‥」
「ええ‥‥」
「はい‥‥」

「あの橋で女性を見かけたら110番〜〜〜〜〜〜〜」

　ビクゥッ!!!

だからなんで突然大声なんだ？

しかし、西条くんだけは、
「入水ってよぉ‥‥‥」
「ん？　なんだ？」

「プール開きまだだろ？」

　プールの話じゃないし‥‥。

第14話　夜のバス（1）

　唐沢橋は、バス路線沿いにありましたが、僕やグレート井上くん、まして電車通学の西条くんにとって、通学路からは外れており、あまりかかわりのない話でした。
　が、その路線を通学している生徒も多く、おそらく孝昭くんからだとは思われるのですが、「入水自殺の女の霊」の話は、瞬(またた)く間に生徒の間に広まりました。

「唐沢橋に女の人の霊が出るってホント？」
「あ。和美‥‥」
　僕にたずねてきたのは、和美ちゃんでした。
　みんなが、衣替え後の和美ちゃんの胸を話題にしたせいか、おのずとそこに目がいってしまいます。

「え？　和美まで知ってるの？」
「あたし‥‥あそこバスで通ってるから」

「ああ。和美、バス通だもんね。そうか、あそこのコースなんだ?」
　実は、わかってはいましたが、一応とぼけてみました。
「バスの運転手さんも言ってたの」
「え！　あそこに幽霊出るって？」
「そう‥‥」
　突如信憑性（しんぴょうせい）が上がりました。
　なにしろ、この町では、警察官と高校生の言うことは「アテにならない」のです。

「今ね、バレーの地区大会の練習で遅いから。いっつも夜に通るの。あたし、怖くって‥‥」
　和美ちゃんは、2年生ながら、バレーボール部ではレギュラーでした。
　我が校のダメダメ運動部系にあって、女子バレーボール部と女子バドミントン部だけは、県大会常連で、このため、練習も、他の部活よりはるかにきつく、大会近くには、最も遅くまで「遅練」が行われていたのです。
「だから、いっつも乗客があたしひとりだけになったりするの」
「へぇ‥‥」
　田舎のローカルバス、それも通学路線ということもあり、最終など、そんなものでした。

「夜のバスって嫌い」
　と、和美ちゃん。
「はは。和美は昔っから怖がりだもんねー」

「うん‥‥それにね‥‥‥‥」

　そう言って、和美ちゃんが加えた話は、ビックリするような内容でした。
　それは、例のすこぶる評判の悪い運転手のことでした。

「え？　でも、その運転手は、路線ちがうだろ？　確か久保とかの‥‥」
「時間帯ごとにバスの運転手はちがうんだよ？」
　と、和美ちゃん。
「あ‥‥。あ、そうか。朝と最終違うんだ！」
　考えてみればあたりまえです。
　同一人物でありながら、話題にならなかったのは、そのバスには、遅練の女子バレーボール部員以外に利用者がいなかったからで、つまりは、そのバス利用者＝和美ちゃんのみ、だったからなのです。

「その運転手さんがね‥‥」

「毎回話しかけてくるぅ?」
　乗客がひとりになると、バスの運転手が、タクシー運転手みたいに話しかけてくるのは、よくあることでした。それは、ごくごく普通の世間話であったり、顔なじみになって打ち解けてくれば、家族の話など、けっこう楽しかったりしたものです。
　しかし、この運転手に限っては、そういうのとは、どうもちがうようです。
「じゃ、唐沢橋の幽霊話も、その運転手から?」
「そう」
　ちょっと雲行きが変わりました。

「一度ね。わたし、バスに忘れ物したことあるの‥‥。スポーツバッグごと」
「届け出はしたの?」
「うん‥‥。バッグは戻ってきたんだけど‥‥」
「けど?」
「中を見たらね。いくつかなくなってる物があって‥‥」
　和美ちゃんは、それをはっきりとは言いませんでした。おそらく口には出しにくいものなのでしょう(こういう事件というのは、実は大昔からあったのです)。

「そう‥‥いろいろ‥‥。あと‥‥」
「あと？」

「君‥‥への‥‥‥手紙‥‥とか‥‥‥」
　顔を紅潮させる和美ちゃんに、僕は、正直なところ、胸がキュンとなったのですが、それでも、
「ば‥‥バカだな‥‥」
　そう言うのがせいいっぱいでした。

「でも他人の手紙盗み読むのは重罪なんだぜ？」
「だって‥‥本当に入ってたっていう証拠、なにもないもの」
「あ、そっかぁ」
「届け出なんて‥‥できないでしょ？　‥‥だって‥‥」
　僕への手紙だから。
「あ‥‥うん‥‥‥まぁ‥‥」

　和美ちゃんがこうした困りごとを相談してくるのは、珍しいことではありませんでした。というか、中学校時代から、なにかあるにつけ、僕に相談してきて、僕はそのひとつひとつに応えていました。
　僕に思いをよせている彼女にとっては、逆に残酷なことにも思えますが、それは、和美ちゃんに限ったことではな

第8章　すもももももも　　　81

く、特に中学時代には、僕にとって和美ちゃんは「多くの相談相手」のひとりでしかありませんでした。
　女子たちから言わせれば、学年で「最もとっつきやすい男子」であり、悪くとるなら「安全パイ」だったのです。

「ふうん‥‥」
「それからね。なんか、いろいろとイヤらしいこととか聞かれて‥‥」
「え？　西条みたいな？」
「えっと‥‥。西条くんと比較すると‥‥むずかしいけどぉ‥‥」
　そりゃむずかしいでしょうね。
　水死体でも、『プール開き』出すくらいなヤツですから。
　例が悪かった。

「西条くんのはそんなイヤらしくないよ」
　と、和美ちゃん、めずらしく西条くんを弁護。
「そうかなぁ‥‥‥?????」
　西条くんをイヤらしくないと言うのは、「エロ本はいやらしくない」、と言っているのと同義語です。

「もっとこう‥‥陰湿って言うか‥‥」
　和美ちゃんは、この内容についても、多くを語りたがり

ませんでした。
　つまりは、今で言うところの「セクハラ」です。彼女は、胸が大きいことから、とかくそうした対象となりがちなのです。

「後ろに乗ればいいじゃん」
「いきなり‥‥そんな不自然なこと、できないよ。1人だけなんだよ？　乗客‥‥」
「うーん‥‥‥」
　しかしそれでは、拒否の表明にはなりません。

「あのバス‥‥。毎晩、乗らなきゃいけないし‥‥。どうしたらいい？」
「ひとつずつ後ろに行くっていうのは？」
「それも考えたけど‥‥」

　和美ちゃんの家は、その路線のほとんど最後のバス停にありました。乗車時間にすれば、30分ほど。その真ん中あたりが、唐沢橋です。

「うーん‥‥」
　腕組みする僕。

「あ。そうだ‥‥。じゃぁ、僕も一度一緒に乗って‥‥」
　彼氏のフリをしてみる、というアイデアを言おうとして、僕は途中でやめました。
　彼女も、ひょっとするとそれを期待していたのかもしれませんが、そうすると「後戻り」がむずかしくなります。
　僕は、少なくともその当時、和美ちゃんとのそれ以上の関係を望んでいなかったのです。

「とにかく、一度一緒に乗ってみるよ」
「うん。アリガト。やっぱり頼りになる。君って」

「よせよ」
　ちょっと照れていた僕でしたが、
「ところで‥‥」
　と、和美ちゃん。
「その『ゆっくりはしろう　○○県』のステッカー、なかなか流行んないネ」

「よせよ‥‥‥‥‥‥‥‥‥」

第15話　夜のバス（2）

　僕が和美ちゃんの遅練の時間までつきあって、そのバスに乗り込んだのは、その週の金曜日でした。
　つまり、衣替えにも、「┴┴」にも、かなり慣れた頃なのですが、それでも和美ちゃんのＥカップは、なかなかに強烈で、僕は、そこに視線がいかないようにするのに苦慮しました。

　普段、こういうことにはグレート井上くんをつき合わせる僕ですが、彼の家は、厳格で、きつい門限があったので、不可能でした。
　電車時間のある西条くんや、ジェミーも不可。バス通学している千葉くんや久保くんも使えません。
　結局は、僕ひとりで、和美ちゃんにつきあうことに。

「ゴメンね。へんなことお願いしちゃって」
　と、遅練を終え、バス停に立つ和美ちゃん。
「いいって。じゃ、僕は次の次あたりのバス停から乗るから」
「ウン」

第８章　すもももももも　　85

僕は、なるべく後のバス停に行く必要がありました。
　なぜなら、和美ちゃんと降りた後、結局は自転車を停めたバス停まで、歩いてもどらなくてはならないからです。
　女子ひとりのために、なんでそこまで？　とも思えましたが、僕にとっても、やはり和美ちゃんは、特別な存在だったのです。

　けれども、和美ちゃんには
「まぁ、駐在さんにでも送ってもらうから。大丈夫」と言ってありました。
「ホント？　ホントに大丈夫なの？」
「ああ。駐在さんは、悪いことすればすぐ飛んでくるからさ。簡単なんだ」
「悪いことって‥‥‥」
「世の中でパトカーほど簡単に乗れる乗り物はないよ。ハハハハ」
「仲いいのね。駐在さんと」
　仲は「よくはない」のですが‥‥。

　僕は自転車を飛ばしました。
　とにかくひとつでも多くバス区間を稼がなくてはなりません。

かと言って、追い越されてしまったのでは、元も子もないからです。

　１つめのバス停を過ぎ、２つめ。
　３つ‥‥。
「よし！　これなら４つめいけるか？」
　とも思いましたが、僕は３つめのバス停で待つことにしました。
　時間も微妙だったのですが、もう自転車をこぐ体力がなかったのです。

　やがて暗がりの中、和美ちゃんを乗せたバスがやって来ました。
　からっぽなのに、定刻よりは２分ほど遅れた到着。おそらく、「和美ちゃんとの会話」が始まっているのかもしれません。

　もともとが、僕たちの学校の遅練か補習授業のためにあるようなダイヤですから、そこは田舎町。こんな中途半端なバス停から、終着へと向かうバスに乗る人などいません。
　バスは、僕を見落としたらしく、バス停をずいぶんと過ぎたところで急停車しました。おかげで僕は、自転車で疲れているところを、さらに走らなくてはなりませんでした。

シューーー！

前の扉が、いかにも嫌々そうに開きました。
乗り込む僕。

　70年代から採用され始めたワンマンバスには、乗降口は２つありますが、乗り降りのしかたは地域や会社によって違い、「後ろ乗り前降り」、「前乗り後ろ降り」、「前乗り前降り」、があります。
　都会ではまず見かけませんが、雪国の乗車人数の少ないところでは、「前乗り前降り」が採用されている所が少なくありませんでした。そのほうが乗車員の目が届きやすい、ということと、雪が降った際、邪魔にならないから、というのが理由のようです。

　２つのステップを踏んで車内へ。
件（くだん）の運転手は、わざわざふりむいて、「珍客」である僕をにらみました。

コイツかぁ‥‥。
なるほど。こりゃ評判悪いわけだ‥‥。
それは想像したよりは若干、若く、かと言って、若者と

言うには、かなり無理のあるくらいの、目つきのするどい男でした。年の頃なら、37、8歳？
　なんかトカゲみたいな顔。駐在さんとは違う種類の‥‥。
　駐在さんは、どっちかと言えば、コモドドラゴンのジャンルです。
　ん？　コドモドラゴン？　ドコモ‥‥あれ？

　和美ちゃんは、前から２つめの席にいて、運転手にわからないように、前席の背もたれの後ろで、僕に小さく手を振りました。
　僕は、ウィンクすると、素知らぬふりを決め込んで、いちばん後列に座ることにしました。

　バスは、僕がちゃんと腰掛ける前に、急発進しました。
　よろける僕。
　僕が乗り込んだことが、よほど気に入らないようです。
「客は客だろー！　トカゲ男がぁ！」

　予想通り、と言うか、僕が乗ったため、運転手が和美ちゃんに話しかけることはありませんでしたが、噂にたがわぬ乱暴運転。まるで軽トラでも運転するかのようにバスを操ります。
　おかげで、カーブでは、体がかたむくほどでしたが、運

転手は、まるでその運転を得意ぶっているかのようでもありました。

　こりゃ久保も千葉も怒るわ‥‥。

　いくつかのバス停を過ぎると、途中、左手に唐沢橋が見えます。
　見えると言っても、闇の中で、窓にうつっているのは自分の顔。
　その顔の向こう側にかすかに唐沢橋。
　あたりまえですが、なにも見えません。

　僕は、運転手が怪談をしたのは、和美ちゃんを前に乗せるための作戦なのではないか？　と、密かに思いました。
　また、和美ちゃんも、まんまとそれにのせられて‥‥。
　怖がりな彼女のことです。それは、じゅうぶんにありえることでした。

第16話　夜のバス（3）

　バスが和美ちゃんの家の所のバス停につき、和美ちゃん

が腰をあげました。
　僕も、そこで降りることにして、席を立ちましたが。

　この時。

　とうとう運転手が、挨拶(あいさつ)をして降りようとする和美ちゃんになにか声をかけました。
　ちょっと困った表情の和美ちゃんは、「はい‥‥」とだけ返事をして、バスを降りました。
　少し離れて僕が降りましたが、僕にはなにも声はかけませんでした。

　バスが走り去ると和美ちゃん、
「あの‥‥アリガト」
「やっぱ他にいると話しかけないんだな」
「ウン‥‥。だって人に聞かせられるような話じゃないもの‥‥」
「マジか？」
「そうなの‥‥‥‥」
「その～～～。胸の‥‥話とか？」
　ああ。こういう時、牛乳の話といっしょに、ケロリと言える西条がうらやましい。
「そういうのもあるけど‥‥」

第8章　すもももももも　　91

話がそこに及ぶと、やはり口ごもる和美ちゃん。

「最後、なんか言われてたな？」
「あ‥‥。今度見せたいものあるからって」
「見せたいもの？　なに？」
「わかんない‥‥‥」
　なんだろ？

「和美もあれだろー。怖いから前乗ってるんだろ」
「あ‥‥‥わかっちゃった？」
「まったく‥‥」
「でも、ホントなんだよ。あたしも見ちゃったんだもん」
「え！　唐沢橋の幽霊をか？」
「幽霊か‥‥わかんないけど‥‥女の人みたいなの‥‥」
「川に？」
「ううん。吊り橋の上」

　そりゃ怖がりの和美ちゃんにはたまらないわけです。

「もーーーー！　早く地区大会終わればいいのに」
　和美ちゃんは言いますが、
「でも、次、県大会あるだろ？」
「そうなの‥‥。もう、わざと負けちゃおっかなぁ‥‥」

「そんなこと言うなよ。和美」
　僕は、少しきつめに言いました。
　なにしろ、彼女はバレーボール部でも期待のエースなのです。
「ゴメン‥‥がんばる！」

　しかし、その和美ちゃんにそこまで言わせる運転手。
　これは、やっぱりただでおくわけにはいきません。

「君が‥‥毎日一緒だったらよかったのに」
「え。毎日、バレー部の遅練つきあってたんじゃ大変だよ」
「そっか‥‥」
　和美ちゃん、ちょっぴりガッカリしてます。

「だいたいさぁ。自転車どうすんの、自転車」
「あ！　だよね。そうだよね。毎日、駐在さん迎えに来ないよね」
　そこまでVIPになってない。
　てか、そんなの絶対イヤです。
　なにしろコモドドラゴン‥‥。ん？　コドモ‥‥？　コモドドラゴンのコドモ？

第８章　すもももももも　　93

和美ちゃん、
「でも、この後、こっちから上りの最終バス、あるんだよ？」
「え！　そうだったの？」
　意外でした。なにしろ、下りでさえ、この乗客の少なさですから、もはや列車ダイヤもない時間に、上りなどあるとは思わなかったのです。
「うん。40分くらい後に出るの。ほら、どっちにしろバス、ターミナルにもどんなきゃいけないでしょ？」
　ははーん。ただ回送するよりはましってことか。
　なるほど。

「40分後かぁ。どっしよっかなぁ」
　腕時計と相談する僕。
「つきあうよ？　あたしの為につきあってくれたんだもん」
　と、和美ちゃん。
「なんの役にも立たなかったけどな」
　と、僕。
「そんなことないよ。今日は話しかけられなかったし‥‥」
「でも抜本的解決になってない」
「ううん。とってもうれしかった」

あんなに席も離れていたのに。
この子は‥‥。

「いいよ。和美、家の人心配してるだろ？」
「え？　ううん。大丈夫」
絶対ウソです。
もう8時半。定時のバスで帰ってこなければ、家の人が心配するのは当たり前でした。
それに、こんな暗闇に2人きりで40分。
理性が耐えられるかあやしいものでした。

結局、僕は行ける所まで、歩いてバス停を遡ることにしました。
時間を持て余しているよりは、なるべくバス代を節約したかったのです。

そして、僕はまたバス停に立ちました。
バスの運転手は、今度は僕を見落としませんでしたが、僕が乗り込むと、やはり、不審人物でも見るような目で、僕をにらみました。
そりゃ、さっき降りた客が、またこっから乗るのはヘンなんでしょうけど。

それは、駐在さんの「僕たちを疑う目」とは、まるで違いました。
　駐在さんのは、もっとこう、子供っぽいっていうか‥‥。
　あ？　やっぱコドモドラゴンか？

　僕は、今度は、さっき和美ちゃんが乗っていたいちばん前の席に腰掛けました。
　運転手が話しかけてくるか、試そうと思ったのです。

　しばらく、無言のバス。バスの走行音だけが、響いていましたが、２つ３つバス停を越え、そろそろ唐沢橋、ということろで、
「兄ちゃん」
　ついに声をかけてきました。
「はい？」
「唐沢橋に幽霊出るのは知ってるか？」
　わざわざ声をひそめて言いました。
「いいえ」
　と、僕。
「そっか。あそこの橋にはなぁ、入水自殺した女の霊が出んだ」
　と、運転手。
「そうなんですか‥‥」

駐在さんの話と同じです。
　しかし、
「ああ。俺もこの路線になってから何度も見たんだが‥‥」
「何度も？」
「ああ。町の駐在も見たって話だ」
　どうやら元ネタは、間違いなく駐在さん。
　おそらく、それが孝昭くんから学校に伝わって、生徒から彼の耳にも入ったのでしょう。

　しかし、だとすれば、和美ちゃんが「見た」というのは？

「運転手さん、ここの路線、長いんですか？」
「いや。俺は今年入ったばっかだからな」
　久保くんの情報通りです。
　入ったばかりなのに「何度も見た」？

　僕は逆にカマをかけてみることにしました。

第17話　ハートブレーカー（1）

「はぁ？　バスに仕掛けんのか？」
　西条くんは驚きましたが、
「おおおおお！　ついに〜〜〜〜〜〜！」
　実質被害に会っている久保くんたちバス通組は、大喜びでのってきました。

　が。

「へぇ‥‥。和美もあの運転手のバスなんだ？」
「そう。帰りの最終だけね」
「お前なぁ。和美だと復讐するってどういうことだ？」
　と、千葉くん。
「そうだそうだ！　俺らんときは、なんもしないくせによ！」
　久保くんも猛反発。

「あーーー。いや‥‥別に和美だからってわけじゃないけど」
　突如、立場悪化。

しまった‥‥。

　しかし、ここは西条くんが、僕の弁護にまわってくれました。
「あったりまえじゃん。お前ら、Ｅカップじゃねーもん」
　いや‥‥それはそれで違うのですが。
「くやしかったら牛乳飲め！」
　うーん。男にも効果があるのでしょうか？　牛乳。
　効果があったらあったで不気味なんですけど‥‥。
「そうか‥‥」
「牛乳か‥‥」
　お前らも‥‥‥。

「そいでそいで？　どういう方法で逆襲すんだ？」
　みんな興味しんしんです。
「バス停増やす」
「はあああああああああ？」
「バス停つくるんだよ」
「意味わかんねーんですけど？」

　実は先週の帰りのバス。

　僕は、運転手に、逆に質問してみました。

第８章　すもももももも

「じゃ、唐沢橋のバス停のことはごぞんじですか？」
「あ？　なんだそりゃ？」
「大昔にね。唐沢橋にはバス停があって、そこから大量に学徒出陣の兵隊さんが戦地に赴(おもむ)いたらしいんです」
「へぇ。初耳だねぇ」
　運転手は、鼻で笑いながら言いました。
「でね。今でも、雨の夜には、そのバス停が見えるらしいんですよ」
　口からでまかせでしたが、もし、これを信じなければ、この人の言う怪談も怪しい、ということになります。なぜなら、そういうことを「信じない」人なわけですから。
　案の定、
「はっはっは。そいつぁいいや」
　運転手は、バカにしたように笑いました。
　やっぱりな‥‥‥。
　この人は、怪談なんか信じてない。
　ただただ、和美ちゃんを怖がらせて、前に座らせるためだけ。

「と、いうわけなんだよ」
「はは〜〜〜〜ん。じゃ、唐沢橋んとこにバス停増やして‥‥」
「そう。並ぶんだ」

「わはは〜〜〜〜〜。おっもしれ〜〜〜〜〜〜〜」
「絶対ビビるな、あの運転手！」
　みんなはよろこびましたが。

　ここでジェミーが、ひとり冷静に、
「それって、ポリッシュに反しませんか？」
「あ‥‥‥」
　くそぉ。こういう時だけ、教育が行き届きやがって‥‥。
「でも、おもしろそうです〜〜〜〜〜〜〜」
　行き届いてない。
　よかった。

第18話　ハートブレーカー（2）

　僕たちは、バス停づくりを工作班『ノッポさん部隊』にまかせ、駐在所へと向かいました。
　とりあえず、あの怪談が「どこまで本当」なのか確認するためです。

「あら。君たち〜」
　ぱぁ〜　☆。.:*・゜

第８章　すももももももも　　101

駐在所の外に、なんと。奥さんがいらっしゃいました。
　しかも、ここ数日、暑い日が続いていたので、念願の薄着！
　外で洗濯物を干されていた奥さんに、夏の青空のなんと似合うこと！

　僕たちが言葉も出せずにいると、奥さん
「あれからねぇ。カタツムリ出なくなったの。ほんっと効くのねぇ、コーヒーって」
「でしょう～～～～～？」
　と、西条くん。
　実際の手柄は、ノッポさん部隊のマッドサイエンティスト森田くんなのですが。
　コイツは駐在さんに駆除用のコーヒー、ぶっかけただけ。
　なのに、
「また出たらいつでも言ってください～～～～～」
「そうね。そうしようかしら」
「はい～～～～。ネスカフェってすぐに増えるんで～～～」
　ネスカフェは増えないよ‥‥。
「知ってました？　ネスカフェってあしゅら男爵なんですよ～」
　さっぱり意味わかんないって‥‥。

西条くん、薄着の奥さんを見て、すでに朦朧としてます。

「また主人にご用?」
「あー、はい。主人にご用です」
　また、そのまんま。
「もうすぐ戻ってくると思うんだけど。待ってる?　コーヒーでも入れましょうか?」
「は〜〜〜〜〜い」
　今回は、お断りする理由がありません。

　やがて、コップにカラカラと氷の音をたてて、運ばれてきたアイスコーヒー。
「はい。どうぞ〜」
「ありがとうございます〜〜〜〜」
　僕も西条くんも、奥さんの夏服にウットリです。

「やっぱ完熟の桃だよなぁ‥‥」
「ああ‥‥‥‥」
　反論なし。

「そうそう。コーヒーのことね。ご近所に教えたら、すごく喜ばれて。お礼に桃いただいたのよ?　食べる?」
　僕たちは、一瞬、さっきの会話が聞かれたかと思いドッ

第8章　すもももももも　　103

キリしました。
「え‥‥そんな‥‥」
「おカマ、いなくっていいです〜〜〜〜」
　おかまいなく、だろ？　西条。
　切るとこがおかしい、切るとこが。
「ウフ。西条くんっておもしろいのネ」
　でもウケてます。

　奥さんは、立ち居振る舞いも、そのたびに鼻をくすぐるその香りも、やはり高校生で運動部の和美ちゃんとは、まるで違いました。
　いえ。あの夜は、確かに和美ちゃんもかわいい、と思ったのですが。
　桃をむいて、出してくれた奥さんの透き通るような白く細い指は、ランニングで日に焼け、バレーボールでテーピングされた和美ちゃんの指とは、比較すること自体、間違いに思えるほどです。
　奥さんを桃と言うなら、和美ちゃんは、青いレモンと言うよりも、太陽をいっぱいに吸い込んだ赤いスモモ？
　それくらいの違いがありました。

　あまりの奥さんのまぶしさに、ふと目を落とした先に、先日の電気ストーブが、まだありました。

あ。そうだそうだ。肝心な用事を忘れてた。

「あの〜〜〜。こないだのネスカフェのシミは落ちたんでしょうか？」
「え？　うん。落ちたわよ」
「そうでしたかぁ。なんか乾かすのに、苦労してたみたいだったんで、心配してたんです」
「そうね。ずいぶんと雨が続いたものねぇ。でも、もう梅雨も明けたんじゃないかしら？」
「そうですね。暑いですもんねー」

　駐在所はすっかり夏。
　気温は30度近くもあるのではないでしょうか？
　おかげで、奥さんの薄着も見れたわけなのですが。

「でも、すごいですね。梅雨時の増水してるあの川に飛び込んだだなんて。さすが警察官だ」
　と、僕が言うと、
「え？　川？　川って？」
「ええ。駐在さん、女の人を助けに川に飛び込んだって‥‥。それで服、乾かしてたんですよね？　電気ストーブで」
　すると、奥さん、

第8章　すもももももも　　105

「うふふふ。ママチャリくん！　それは主人にかつがれたのよ」
「えっ！」
「あれはねー。ただ雨の日、コート持たないで警邏(けいら)に行っただけ」

　え〜〜〜〜〜〜〜〜〜〜〜〜〜〜〜〜！

「じゃ、水死体の話は……」
「デタラメでしょ？　あの日、すっごく怒ってたじゃない？　主人」

　デタラメ〜〜〜〜〜？
　確認以前の問題でした。

「ごめんなさいね。主人、コドモだから」

　とりあえず、バスの運転手よりも、先に復讐しなくてはならない相手ができてしまいました。
　そう！　コドモオオトカゲです！

第19話　ハートブレーカー（3）

　おかしいとは思っていましたが、まさかまさかのフルデタラメ。いくらなんでも、曲がりなりにも警察官が、こんなにいともたやすく、純粋な高校生をダマしていいものでしょうか？

「許せねぇ〜〜〜〜〜」
「ああ。まったくだ‥‥」

　奥さんが、洗濯の続きで少し間を空けた隙に、逆襲の準備をする僕と西条くん。
　その準備万端ととのったところで、
「あ。主人帰ってきたみたいね」

「あ〜〜〜〜！　今日は暑いなぁ〜〜〜〜〜〜〜」
　シビックパトカーから、駐在所へと戻ってきた駐在さん。
　僕らを見るなり、
「げ。お前ら！　なにしに来た！」
　あいかわらずのご挨拶です。

「実は、拾得物をお届けに」
「拾得物だぁあああ？」
　半分疑ってる声です。
「はい。ですから、手続きしてください」
「よし。なに拾ったんだ？　出してみろ」
　以前（1巻参照）と、同じように、向かい側に座る駐在さん。

「えっと〜〜〜。これです」
　出したのは、実は西条くんが持っていたエロ本です。
「あああああ？　またエロ本かああ？」
「はい〜〜〜。拾い物は拾い物ですから」
「よし！」
　駐在さん、疑いのまなざしのままで、やむをえず、書類を用意しました。

「ここにタイトル！」
「はい。月刊‥‥エ○ト‥‥ピ‥‥‥ア‥‥と」
「特集名！」
「はい。夏の‥‥ピーチ娘‥‥‥特集‥‥と」
「もっと早く書けんのか！」
　いらつく駐在さん。
「いや。固有物は、明確にわからないようにしないと。で

しょ？　駐在さん」
「ああ。まぁ、そうだが。今日は暑いな〜〜〜〜〜。まったく」
「駐在さんは、クーラーのある車から降りてきたばかりだからですよ」
「あ。そうか〜。それでか〜〜〜〜」
「はい〜〜〜〜〜」

　実はちがいます。
　なぜ暑いかと言うと、**電気ストーブがついているから**です。駐在所。
　それも距離はありますが、駐在さんのほう向いてますから。暑くて当然。体感温度は50度超えてるんじゃないでしょうか？

「よーし！　書いたな。ごくろう！」
「いえ、駐在さん。実は、もっとあるんです」
「なんで早く言わん！」
「拾った場所がちがうんですよ。そうすると、書類別ですよね？」
「ったく。ママチャリはつまんねーことだけは知ってるなぁ。ああ、それにしてもなんて暑さだ！　今日は！」
「そうですね。本格的夏ですもんね」

「そうだよな〜〜〜〜〜」
「はい〜〜〜〜〜〜〜」

　ちがいます。**電気ストーブついてるから**です。

「で、なに拾ったんだ？」
「えっと。折り畳み傘です」
　もう、こうなったら持ってるもの片っ端からです。
　あとは、ジェミーにでも落とし主になってもらえば済むこと。
「折り畳み傘な！　じゃ、書け！」
「はい。折り‥‥たたみ‥‥駐在さん、たたむって漢字、どう書くんでしたっけ？」
「ああ？　ひらがなでいい、ひらがなでっ！」
　相当イライラきてます。
　もっともです。体感温度50度。
　僕たちも、だいぶ暑くなってきましたが、ここは根比べ。
「あ？　色の記載、必要ですよね？」
「いるに決まってるだろーがぁ！」

「あ！　落とし物届けに来た市民にそれはないでしょう！」
「あー、はいはい。いります、いります。色書け！」

すでになげやり。
もっともです。体感温度50度。

「あ〜〜〜〜。それにしてもクソ暑いなぁ。あれかなぁ。フェーン現象ってヤツかな？」
　ちがいます。**電気ストーブ現象**です。

「はぁ〜〜〜〜〜〜もう汗でグショグショだ」
　駐在さんの夏服は、確かに濡れているのがわかるくらいに、汗でグショグショでした。
「でも、大丈夫。すぐ乾きます」
「あ？」
　だって**電気ストーブついてます**から。

　が、傘の拾得物届けを書き終えたところで、汗だくの駐在さん、
「よし！　とりあえずコピーとるか」
「え！　コピー？」
「あたりまえだ。ママチャリは知ってんだろ？　書いたことあんだから」
「えーっと‥‥。まぁ」

　駐在さん、すっくと立つと、コピー機の前に行き、電源

第８章　すもももももも

を入れました。

 とたんに。

 カチッ。
 ブツン……。
 ヒュ～～～～～～ン……。

「あん?」

 やば………………。

「ブレーカー、なんで落ちるんだ?」
「さぁ…?」
 電気ストーブと一緒にコピーの電源入れたからですけど。
 当然言えません。

「おーーーい! 加奈子～～～～! ブレーカーあげてくれ～～～～」
「は～～～～い」

 で。再び、コピー機、オン!

カチッ。
　ブツン‥‥‥。
　ヒュ～～～～～～～ン‥‥‥。

「ありゃあ？」

　ああ‥‥ブレーカーって正直‥‥。

「あ。駐在さん、調子悪いみたいだから、コピーいいです」
「お前らがよくっても、仕事上いるんだよ！」
　駐在さん、いらつきピーーーーーーーーーーク！

「お～～～～い。加奈子～～～～。ブレーカー」
　カチッ。
　ブツン‥‥‥。
　ヒュ～～～～～～～ン‥‥‥。

「ありゃあああ？」

　カチッ。
　ブツン‥‥‥。
　ヒュ～～～～～～～ン‥‥‥。

第8章　すもももももも

「 んhんhんhんhんhんhん？」

　そろそろ帰ろうっと……。

・・・・・・・・・・・・・・・・・・・・・・・・・・・・・・・・・
第20話　ハートブレーカー（4）

「あのぉ。暑いんですがぁ」
「ん。夏だからな！」
　気温は50度を超えているのではないでしょうか？

「フェーン現象かな？」
　と、氷あずきなどをほおばりながら駐在さん。
　ちがうと思います。
　僕たちの前に電気ストーブが、こうこうと燃えているからです。

　あれからブレーカーが飛ぶ原因を、「僕たちがなんらかの原因」という、するどい推理をされた駐在さんは、ほどなくして、真夏の電気ストーブ発見！
　たいそう喜ばれ、僕たちを捕まえると、事務椅子にくく

りつけ、その前に電気ストーブを置かれたのでした‥‥。

「あの〜〜〜〜。そろそろ気ぃ失いそうなんですがぁ。もうほどいてもらえないでしょうかあ？」
　と、僕。
「やかましいっ！　ったく！　電気ストーブなんぞつけやがって！」
「もうしませ〜〜〜〜ん」
「心からもうしませ〜〜〜〜ん」
「お前らのその台詞は聞き飽きた！」

「元はと言えば、駐在さんが嘘教えるからでしょ？　‥‥ハァ‥‥ハァ‥‥川に飛び込んだとかって‥‥‥‥」
「ほざけ！　加奈子、こいつらの、おしるこ、まだできないのか？」
「お、おしるこ‥‥？」

　電気ストーブもついたまま、僕たちの前におかれた、ドンブリめいっぱいのおしるこ。
「自分は氷あずきで‥‥？」
「うるさい！　ぜんぶ食うまで許さん！」
「え〜〜〜〜〜〜〜〜‥‥」

第8章　すもももももも　　115

僕たちが、奥さんの愛情のこもった「大盛りのおしるこ」を食べ終え、開放されたのは、午後２時30分。
　夏の１日でも最も暑く、外気温は、30度以上ありましたが、まぁ、体感温度の涼しいこと涼しいこと！
　まるで夢のようなさわやかさです。

「ああ‥‥涼しいなぁ‥‥西条」
「うん。梅雨、明けたんだなぁ‥‥‥」
　梅雨明けを、これほど実感したのは初めてです。

「とりあえず‥‥」
「アイスでも食うか？」
「だね‥‥」

　その前に水。

第21話　唐沢橋・バス停（1）

　体を張って得た情報。
『駐在さんの話はデタラメだった』
　ああ‥‥しょうもない。

やっぱり、ここいらの警察官と高校生の言うことは、まったくアテになりません。

　しかし。だとするならば。
　バスの運転手が言っていることは、やはり夜の最終に乗る和美ちゃんを近づけるため、ということになります。
　あるいは、たまたまそれが和美ちゃんなのであって、他の女子生徒でもいいのかもしれませんが。

「それなら、バス会社に通報したほうがよくないか？」
　というのは、グレート井上くんの意見。
「はっきり言って、苦情ものだよね。それって」
　正論です。
「そうだな‥‥。もう少しはっきりしたら、井上たのめる？」
「ああ‥‥。まぁ、かまわないけど」

　グレート井上くんのお父様、グレート父さんは、このあたりでは一位二位を争う有力者で、その顔の広さは、たいへんなものでした。その上で、息子であるグレート井上くんを信頼していたので、こういう時にホントに頼りになるのです。

しかし、井上くんよりはだいぶ幼かった僕には、「苦情」という対処法が、イマイチ、ピンときませんでした。それによって、1人の大人の人生を左右しかねないわけで、それはさすがに躊躇してしまいます。

　とか言ってますが、実は、苦情じゃ「つまんない」だけ。
　とにかく、千葉くんや久保くんは、復讐したい！　のみ。

　ノッポさん部隊が「バス停」をつくり終えたというので、さっそく、その週末から『偽バス停作戦』をやってみることになりました。

「おーーーー！　まんまバス停じゃん！　さすがノッポさん部隊！」
「だろだろ？」
「うん。すごいなぁ、リアル〜〜〜〜〜〜」
「ああ。だって材料がバス停だもん」
「はあああああ？」
「お前知らないの？　ターミナルんとこに捨ててあんだぜ？　使わなくなったバス停」
「え〜〜〜〜〜。それ盗んできたの？」
「そう」
　あっけらかんと言いますが、泥棒です。

「いや。下のコンクリートは持ってこなかった。重くって」
　そういう問題でもないと思うのですが。
　しかし、兄が警察官で、刑法に異様に詳しい千葉くんが言うには、
「あきらかに捨ててあるものは、泥棒にはならない」
　のだそうで、
「じゃ、まぁそういうことで‥‥」
「異議なし‥‥」
　都合のいい解釈で、そこはおさまりました。

　グレート井上くん、森田くんといった知能派が、門限のために参加できないのが、多少不安をつのらせましたが、
「幽霊に頭はいらねー」
「ああ。ホントなら足もいらねー」
　ということになり、まずは頭数だけそろえることにしました。

　すると、これが希望者殺到！
　そうとう恨み買ってます。あの運転手。

「え〜〜〜〜〜？　そんなことするの〜〜〜？」
　僕の報告に驚いたのは和美ちゃん。

「なんでそんなしょうもないこと思いつくの？」
「しょうもないはないだろ？」
　少なくとも、半分は和美ちゃんのための逆襲のつもりだったのに。
「ううん。とってもしょーもない！」
　言い切られてしまいました‥‥。
「県大会、終われば、バス時間変わるから」
　けれど、それまでは続くわけで。
　僕は、あの運転手のバスに和美ちゃんを乗せたくありませんでした。なぜだかはわかりません。

「じゃ、いいもの見せてやるって言われたの、結局なんだったんだよ。もう見せられたんだろ？」
　詰問すると、和美ちゃん、とたんに答えにくそうに、
「‥‥写真‥‥だった」
「なんの写真だよ」
「‥‥‥‥‥‥‥」
　うつむいてしまう和美ちゃん。

「西条が持ってるようなのか？」
「え？　さぁ‥‥西条くんに見せられたことないから」
　もっともでした‥‥。
「見たことあるの？」

ありゃ。ヤブヘビ‥‥。
　しかし、話を聞くにつれ、フツフツと怒りが込み上げてきて、
「とにかくやるっ！　やるったらやるっ！」
「あ。ごまかしてる」
「ち、ちがわいっ！」

第22話　唐沢橋・バス停（2）

　そして週末。
　怒りにまかせて、いきなりやってみました。『唐沢橋・バス亭』。
　高校の頃というのは、夜集まるってだけでも、心がうきうきしたものですが、目的があると、さらに心躍るものでした。それがどういう目的であるかはともかく。

「う～～～～。わくわくすんな～～～～」
「まったくだな～～～～」
「マイバス停って初めてだよ。俺」
　普通、初めてです。

ただ並んでるだけじゃつまんないってんで、それぞれロウソクなどを手に持ちまして、迫力アップ。

　あとはひたすら最終バスを待つのみ、です。
　前回、僕が乗ったときもそうでしたが、もともと回送ついでのようなバスでしたので、文字通り、運転手のみのワンマンバス。

　の、はずでした。

「ほら。ちゃんと並べ！」
「列くずすなよ！」
「先輩〜〜〜〜。割り込みはずるいです〜〜〜」
「いいんだよ！　バス乗るわけじゃないんだから」
　とか、言いながら待つこと1分。

　ついに来ました！　ワンマンバス！

「来た！　バス停出せ！」
「おお！」
　バス停出せ、ってのも、極めてめずらしい会話ですが、これに従い一番前の孝昭くんが、バス停をかかげます。なぜって、重し部分がないから、手で支えなくてはならない

のです。

　ところが。

　キキッ！

「？」
「？」
「？」
「？」

　バスは、なんと唐沢橋バス停に停車。
　ありえね〜〜〜〜〜。
　しかも。

　シューーーー‥‥！

なんと扉も開きました！
　まさかまさか停まるとは思ってもみなかった僕たちは、泡をくいました。
　なにしろ「バス停増やした」なんてのが、駐在さんか学校にバレたら、ただじゃすみません。
　あの熱射地獄が脳裏によみがえります。

しかも。
「運転手ちがう!」
「まじ?」

「土曜日はたぶんサイクルがちがうんだ!」
「しまった! 逃げろ!」
「孝昭! バス停、忘れんなよ!」

 こうして、世界にも稀な「バスから逃げるバス停」。
 僕たちは、自慢じゃありませんが、逃亡だけはめちゃくちゃうまい。適度にちらばり、しかも後の集合のしかたもきちんと決まっていました。
『全国高校逃亡コンクール』があったなら、間違いなく優勝候補でしたが、文部省が、こうしたジャンルを設けなかったため、その名が広まることはなかったのです。残念。

 と、「バス停ごと」逃げたまではよかったのですが‥‥。

 一番後ろを逃げていたジェミーが、
「先輩。さっき誰か降りました‥‥」
「え! あのバス停でか?」
「はい〜〜〜〜。間違いありません〜〜〜〜」

「うそ‥‥！」
「だろ‥‥？」

・・・・・・・・・・・・・・・・・・・・・・・・・・・・・
第23話　唐沢橋・バス停（3）

「ジェミー。誰かって誰だよ」
「さぁ～～～～お名前までは‥‥」
「いや。名前とかじゃなくって‥‥」
　誰も知ってるとは思ってません。
「女の人みたいでした。白っぽい服着た‥‥」
「え～～～～～～～～～？」

　とたんに怪談めいてきた唐沢橋バス停。
『全国高校逃亡コンクール』ルールに従い、土手下に隠れていた僕たちでしたが、ひとりずつ、道路へともどってみることにしました。
　最初に道路へと上がった孝昭くん。
「誰もいねぇぞ？」
「ほんとか？」
　次から次に道路へともどります。

「だよな〜〜〜〜〜〜」
「いくらなんでも人降りるわけないじゃん!」
　しかも、あのバスは、「前乗り前降り」です。必ず、運転手の前を降りなくてはならないわけで、普通に考えてありえません。
　しかし、ジェミーは、
「絶対、誰か降りました〜〜〜〜〜〜〜」
　がんとしてゆずりません。

　さらに。
「ぜったい、女性でした!」につられる者多数。
　しかたないので、みんなで唐沢橋のほうまで一旦もどることになりました。

　そして。

「いたっ!　いました!」
　発見したのもジェミーでした。
「うそ?」
「どこ?」
「女?」
「橋!　吊り橋の上です!」

「え？　唐沢橋？」
「女？」

「ほら。真ん中へん！」

「ほ、ほんとだ‥‥」
「女だ‥‥‥」

　月明かりに照らされて、白い服が動いているのがわかります。

　が。

「あれって‥‥‥」
「自殺じゃね？」
　突然、駐在さんが言っていた入水自殺の話がよみがえります。

「やばい！」
「止めろ！」
　いっせいに駆け出す僕たち。

　ドドドドドド‥‥‥。

そのまま唐沢橋へと駆け込みます。
　が、この人数がいっせいに走ったものですから、吊り橋のまぁ、揺れること揺れること。
「う、うわぁ！　揺らすなバカーーーー」
　しかし、吊り橋というのは、誰が揺らしているかはわかりません。どっちかって言えば、相乗効果みたいなものですから、
「止まれ！　お前ら！　全員止まれーーーーー！」
　止まらないと、身動きがとれません。
　止まっても身動きとれてないわけですが。

　やがて吊り橋の揺れがおさまると、やはり身動きがとれなくなっていた女性が、逆側へ逃げ出しました。
　とたんに、
「あ！　逃げやがる！」
「待てーーーーーーー！」

　いやいやいや‥‥。
　自殺止めに来たんだろ？
「逃げやがる」はないだろ、「逃げやがる」は。

　案の定。

「きゃーーーーーーーーーーー」
　悲鳴まであげられちゃって‥‥。
「助けてーーーーーーーーーー」
　助けまで呼ばれてます‥‥。

なのに。
「逃がすかぁーーーーーーー！」
「待ちやがれーーーーーーー！」

バカども‥‥‥。
なにしに来たんだ‥‥。

「へっへっへ。捕まえたぜ〜〜〜〜」
　へへへ、じゃないよ‥‥。

第24話　ミステリーレディ（1）

警察署。
駐在所じゃありません。
警察署。

第８章　すもももももも　　129

悲鳴を聞きつけた親切な通行人が通報してくださって、たまたま付近をパトロールしていた親切な警察官が捕まえてくださったのです。
　僕たちを‥‥。
　ありえねー‥‥‥。

「だからぁ。自殺すっかと思ったんだって！」
　僕たちも、ずっと言い続けているのですが、なかなか信じてもらえません。
「被害者の女性は怯(おび)えておられたぞ！」
　被害者ってことはないと思うんですけど。
　けど、まぁ。そりゃそうだ。「待ちやがれー」ですから。

　そこへ。

　バン！

　いらっしゃったのは駐在さん。
　僕が取り調べ官にたのんで、来ていただいたのです。先生とか親では話がややこしくなるばかりですが、駐在さんは同じ所轄(しょかつ)。顔もききます。

「あ。ご苦労様です」

敬礼などし合って駐在さん。
　僕たちを見るなり、
「女襲ったって〜〜〜〜〜？」
「ちがいますよっ！」
「どうかなー。お前ら、俺の女房にも色目つかってっからなー」
　くそ‥‥日頃の行(おこな)いがこんなに大切とは‥‥。

「自殺？」
「ええ。どう考えてもそう見えたので‥‥それで止めに‥‥」
「ふうん。なんであんなとこいたんだ？」
「えっと。たまたまです‥‥」
「たまたまか？」
「たまたまです」
　まさか勝手に「バス停つくった」とは言えません。

　結局、唐沢橋付近は、もともとあの時間帯に女性が現れるような場所ではなかったこと、彼女に被害らしき被害がなかったこと、僕たちの言い分に整合性があったこと、などが認められ、駐在さんの助言もあって、晴れて無罪放免。
　一応、「いいことをしたつもり」だった僕たちは、それでも納得できませんでしたが。

第8章　すもももももも

「どうもどうも〜。お世話かけました〜〜〜♪」
 駐在さん、上役もいるので、極めて低姿勢。
「じゃ、行こうかぁ。君たちぃ。なんにもなくってよかったね〜〜〜♪」
「はい〜〜〜〜〜〜〜♪」
 にこやかな市民と警察官。

 シビックパトカーに乗ったとたん、
「ボケーーー！　世話やかせやがってぇ！」
「えーーー！　元はと言えば、駐在さんの入水自殺の話が原因なんですからね！」
 とたんに険悪。
 さっきの「♪」がいかに虚構であったかわかります。
「お前らがコーヒーかけたのが元だろうがぁぁ！」
「だからぁ！　あれはカタツムリの駆除で〜〜〜〜〜」
「そのカタツムリは誰がまいたんだ！　バカヤローーー！」
「ダサイ、ステッカー貼るからでしょーが！」
「県警のステッカーがダサイだとぉおおおおお？」

 どんどん遡る高校生と警察官の罪のなすりあい。
 このままいけば、初回の『レーダー妨害』（1巻参照）まで、もどってしまいそうだったので、僕たちが先に折れ

ました。

「駐在さん。ところであの女性って‥‥」
「さぁ。わからんなぁ。なにしろお前らで手一杯だったからな」
　ピキッ！
「え〜〜〜？　そんな大事なことも聞いてないんですか？　よく警察官やってられますね！」
「なんだとおぉぉぉぉぉ！　助けられといて言う台詞かっ！」
　とたんに険悪‥‥‥。
　和解しても数秒しかもたない僕たちと駐在さんなのでした‥‥。

「じゃ、一応確認しておくか」
　と、駐在さん。

　女性は見た目、22、3歳の、僕たちよりはずいぶんと歳上の人でした。いわゆる立派な大人の女性。
　駐在さんの奥さんに比べたら、まぁ、普通の部類に属しますが、それほど見た目が悪いわけでもなく、自殺するような影のある人にも見えませんでした。
　ジェミー曰く、

「なんか素敵な人でした～～～～～～」
「そうかなぁ‥‥」
「よくわかんなかったな」
　まぁ。それどこじゃなかったってのもありますが。
　謎めいた女性に魅力を感じるのは、ジェミーに限ったことではありません。

　この女性についてわかったのは、２日後になってからでした。
　女性側から警察を通して謝罪があったのです。

　代表として、僕とジェミーが、最後の調書にサインするために本署をたずねました。
　ジェミーが選ばれたのは、本署のある市に住んでいるからで、家もすぐそばだったからです。それは単純に、行きやすいということではなく、身元がより明らかで、有利に働く、という駐在さんの助言によるものでした。

「氏名は教えられない」という前置きをおいて、おまわりさん。
「埼玉から来てた人だ」
「埼玉ぁ？　なんだってまた？」
「単純な旅行、と、ご本人は言ってるな」

「本当ですかね？」
「なんの容疑もない人に、そんなことまでは聞けない」
　それもそうです。
　警察の言うことは、いちいちもっともですが、いまひとつ感情に欠けるというか。
　駐在さんみたいに「感情のみ」ってのも困りもんですが。
「なんで、あそこで降りたのでしょう？」
「あ？　運転手の話だと、バスに酔ったっていうんで、吐かれちゃたまらんと思って降ろしたらしいよ」

　え！　酔っただけ？

「ワンマンの場合、走行中の掃除は、運転手の仕事だからねー」
「あー。なーるほどー」
　よかった‥‥バス停のせいじゃなくって。
　と、思ったら
「ちょうどバス停があったって言うんだが、どこの話なんだろうね？」

「さ‥‥さぁ～～、ど、どこでしょうねぇ～～～～～」
「君たち知ってる？」
「さ‥‥さぁ～～。僕たち、バス走らせたことないもん

第8章　すもももももも　　135

ですから〜〜」

　バス停はつくったことあるんですけどね。

第25話　ミステリーレディ（2）

　例年よりも早く梅雨明けが宣言されて、夏本番。
　夏と言えば、
「プール開きっ！」
「いや。西条、他にも行事はあるだろ？」
「ない！」
　言い切りやがりました。

　梅雨の間、バス通学だった千葉くんたちも、通常の自転車通学にもどり、あの運転手の悪い噂も、あまり耳にしなくなっていました。
　しかし、女子バレーボール部は、下馬評どおり、順当に地区予選を勝ち上り、和美ちゃんの最終帰りは続いていました。
　つまり、和美ちゃんにとっては、本当に孤独な戦いになってしまったわけで。

なんとかしなきゃ‥‥‥‥。

「夏休み入ったら最終バスもつきあうよ」
「え！　ホントにホント？」
　和美ちゃんのよろこびようは、たいへんなものでした。
「うん」
　さすがに、もう一度、バス停追加作戦をやるつもりにはなれません。
　久保くんたちも、もうバスには乗らないので、おそらく他人事（ひとごと）。
「今度は土曜日も遅練だからたいへんなんだー」
　と、和美ちゃん。
「でも、土曜日って運転手、ちがうよね？」
「え？　なんで知ってるの？」
「ん～～～～。バス停で見たんだ」
　自分たちのつくったバス停で。
「ふーん。そうなんだー。あの人、きっと非番なんだね。土曜日」
「まぁ。そうなんだろうね。休まないって人はいないだろうから」

「ところで、唐沢橋で自殺未遂の人、助けたんですって？」

第8章　すもももももも

「あ？　うん。西条たちがね」
　実際、僕は、吊り橋が揺れるのが怖くて、しがみついているのがせいいっぱいだったのです。そんなかっこ悪いこと、和美ちゃんには言えません。
「え。でも君が助けたって噂だよ？」
「ちがうよ。どうやら自殺未遂じゃなかったみたいだし」
「ふうん。若い女の人だったんですって？」
　僕は初め、和美ちゃんが嫉妬して言っているのだと思い、
「いや‥‥‥‥僕らよりはずっと年上の人だから。ジェミーはまいっちゃってたみたいだけど‥‥‥」

「えっと。そうじゃなくって。あたしが見たのも、その人だったのかなぁ、って‥‥‥‥‥‥‥‥」
　あ。そうか‥‥‥‥。
　その線をすっかり忘れてた。
　じゅうぶんにありえることでしたが、確認のしようがありません。

　ところが。

「え？　また唐沢橋に現れた？　あの女性が？」

「らしいぜ〜〜〜。クラスの四釜が言ってた」

「いつ頃？」
「土曜日。あいつバドミントン部のレギュラーだから。遅練の後だ」
「また土曜日の夜？」
　水死体が上がったような話は、まったく聞かないので、やはり自殺未遂ではなかった、ということになります。

「なんで‥‥‥‥あの橋なんだろうね？」
「なんか想い出でもあんじゃねーのー？」
　孝昭くんは言いますが。
　確かに考えられないことではありませんが、想い出なら、昼でもいいような気がします。夜であっても、最終バスの時間まで待つ必要性が感じられません。

　これに、ジェミーが敏感に反応！
「先輩！　土曜日行きましょう！」
「え？　どこに？」
「唐沢橋に！」
「バカ言え。行くならお前ひとりで‥‥‥‥」

　ところが。
　みんな来ちゃいました‥‥‥‥。
　唐沢橋。

メンバーは、西条くん、孝昭くんと、僕とジェミー。

　しかも今日は、橋の下。
　なぜかと言いますと、
「スカートは上から見るものではなく、下から見るもの、と、トルストイも言ってる」からだそうですが、トルストイは言ってない気がします。

「暗くて見えねーじゃん！」
　と、西条くん。
　当たり前です。
「くそ〜〜〜〜〜〜〜。橋の下、意味ね〜〜〜〜〜〜〜」
「いや。あの女の人、根本的にズボンだったよ？」
「え！　そうだっけ？」
「スカートだったら、たぶん、こないだあんなに簡単に帰してもらえなかったと思うよ。ちょっとめくれたって犯罪だから」
「あ。そうか」

「じゃ、今日なんで来たんだっけ？」
　ジェミーにつられてです。
「見えないなら橋の上のほうがよくないか？」

ところが。この橋の下にかまえたのが、僕たちに奇妙なものを発見させました。

「あれ？　なんだこれ？」
　最初に気づいたのは、孝昭くん。
　孝昭くんは、いつもこういうのにめざとく気づきます。

「なんか機械だな」
「うん。そうだね‥‥‥‥ブレーカーみたいなのがついてる」
　つまりは電気製品です。
　が、見たことがありません。

「持って帰ろうか？」
「よせよ。誰のかわかんないのに。意外に重要なもんかもよ？」
「重要なもん、こんなとこに置いとくかぁ？」

　あれこれ討論していると、

「おい。そいつにさわんな！」
　突然、声をかけられました。
　一瞬、ひるんだ僕たちでしたが、

第8章　すもももももも　　141

「あん？　おっさん誰だ？」

　暗がりの中、風体(ふうてい)のよくないのやら普通のやら、入り交じって４名。
　釣り人？

「お前ら高校生か？　さっさと帰れ」
　うち、ひとりに見覚えがあります。
　誰だっけ‥‥‥‥‥。

「はぁ。俺らがここでなにしようと勝手だろうが」
　逆らう孝昭くん。

　すると、その見覚えのある男が、
「まぁまぁ。兄ちゃんら。大人しく帰れよ。いいもんやっから」
　声も聞き覚えがある‥‥‥‥。
　誰だ‥‥‥‥。
　あせればあせるほど、思い出せません。
　つまりは、それほど何度も会ったことのない人物です。

「いいもんってなんだ？」
「それがなぁ。ほら！」

それはなんと、文章では説明できない、西条くんでも持っていないような○○○で××××などアップ写真でした。

「おおおおおおおおおおお！」
　感動する西条くんたち！
「し、しんじらんね～～～～～」
「こ、こんなんだったのか‥‥‥‥」
　えっと。なにが。

「な。これやるから。大人しく帰ってくれ」

　が、
「じゃ～～～～～～もっとくれ！」
　と、西条くん。
　そうきたか。

「ふはっはっは。欲張りだなぁ、兄ちゃん。けどもうないんだ」
「大人しくそれ持って帰んな」
「そうそう。あとはおうちで、母ちゃんのオッパイ飲んで寝ろ」
　が、この言い草に、
「やなこった」

と、万年反抗期、孝昭くん。

「なんだとお？」

 一触即発(いっしょくそくはつ)、とも思われましたが、うちリーダー格と思われた最も人相の悪い男が、
「まぁ、いいや。今日は上流に移動だ」
「ああ」
「そうだな」

 そう言うと、謎の機械のほうへ行き、2人で持ち上げました。
 うち、ひとりがブレーカーのスイッチのようなものを上げたのに、僕は気づきました。
 もうひとりは、その機械から、なにか釣り竿(ざお)のようなものにつなぎました。

 ん？
 ひょっとして？

「やばい！　西条！　孝昭！　その竿に気をつけろっ！」
「え？」

ブーーーーン‥‥‥‥‥‥。

　男が釣り竿をふりかざしたと同時に、
「やっちまえ！」
　いきなり男たちが襲いかかってきました。

　バチッ！

　竿が孝昭くんをかすめ、まわりの茂みに当たると、火花がちりました。

「逃げろ！　みんな！　高圧電流だ！」
「な、なんだってそんなもん？」
「わかんない！　とにかく、逃げろ！」

「竿にふれなきゃいいんだな？」
　孝昭くん、少し距離をとると、いきなり石を投げました。

　ガッ。

「いてぇ！」

　暗くて見えませんが、当たったようです。

「孝昭！　いいから逃げろ！　あの竿に当たるとやっかいだぞ！」
　いったい何ボルトなのかわかりません。
「く‥‥‥‥くそぉ！」

　這々(ほうほう)の体(てい)で逃げ出した僕たち。

　のは‥‥‥。実はフリだけ。

　なんつったって僕たちは、『全国逃亡コンクール』優勝候補です。
　だいたい、西条くんと孝昭くんが、逃げ出して終わり、などということはありえないのです。

　僕たちは、時間を置いて、コッソリと男達の裏側へとまわっていました。
「上流に行く」と言いながら、攻撃してくる、というのは、やはりあそこが重要なポイントなのです。
　必ず、あの機械のあった所にもどってくるのは、間違いありませんでした。

「ジェミー、僕がスイッチ落とすの失敗したら、お前たの

む」
「了解です〜〜〜〜〜〜〜」

「あの機械、なんなんですか？」
「たぶん‥‥‥‥密漁の道具なんだよ」
「ははぁ。川に電流ながすのか？」
「おそらく。あの竿を通して電気が通るんだ」
「なるほどなー」

　えらいもんと出会ってしまいました。

「ねらいはたぶん、鮎かな‥‥‥」
「まぁ、この川ならそうだろーな」
　と、孝昭くん。

　電気を使った密漁は、鮎漁に限らず、「最も悪質」なものとして、厳しく取り締まられていました（もちろん現在も）。
　逆に言うなら、密漁者にとって、それくらい「おいしい」漁である、ということ。なにしろ、川にいる大小すべての魚介類が、一瞬で浮いてくるのです。
　現代こそ、少なくなりましたが、戦後から昭和末期まで、この電気漁が暗躍し、どこの漁協も、ほとほと手を焼いて

いたのです。

　おそらく、あの吊り橋の下には、見えないように堰(せき)を造ってあるのでしょう。
　あらゆる魚が浮いてくる、と言っても、高く売れるのは鮎だけ。だから、移動したくないのです。

　普通、こうした場合、さっさと密告するのがセオリーですが、僕たちはちょっとちがいました。
　そもそも、電気漁は、ごく短時間で終わってしまうので、間に合いません。

「西条、勝てそうだった？」
「まっかせなさい！」

　すると孝昭くん、
「なんで俺には聞かねぇんだ？」
「あー、悪い悪い。勝てそうか？　孝昭」
「マッカーサー！」
　はいはい……。
　それ言いたかったんだね。

　西条くん。僕といっしょに、そーっとそーっと、いちば

ん後ろの男に近づきました。

　そして‥‥‥、
「グ‥‥‥‥‥‥」
　いきなり絞め技。

　スイッチオフ！

　ブチィ！
　ついでに、露出していた電線をひきちぎります。
　ちょっとしたスパイ大作戦！

「今だ！　行けーーーーーーーーーーーー！」
「よっしゃぁ！」

「お‥‥‥おわぁ！」

　不意をつかれたおっさんたちは、ひとたまりもありませんでした。
　だいたい、そのへんのおっさんでは、西条くんや孝昭くんの相手ではありません。

「せやぁ！」

相手が体勢をととのえる前に、西条くんのキックがきまっていきます！
　それでも、砂利だらけの地盤のおかげで、いつもの正確無比というわけにはいかないようです。

「てめーーーーー！」
　ひとりが大慌てで、竿をふりまわしますが、もう電流は流れません。
　そこに孝昭くん、
「さっきはよくもやりやがったなぁ！」
　石を手に持ったまま襲いかかります。
　とっさに、手でさけようとしましたが

　ゴッ！

　孝昭くん。投げちゃいました。
　このルールのなさこそ、孝昭くんの真骨頂！
　とにかく「勝てばいい」のです。

　とうとうたまらず、
「に、逃げろ！」

西条くんや孝昭くんといて楽しいのは、この瞬間です。
　自分はなにもしなくても、相手がポロポロ逃げていくんですから。こたえられません。

　おととい来い！

「スイッチ切っただけのくせに」
「そう言うなよ……。孝昭」

　西条くん、
「逃がしてよかったのか？」
「うん。だって、相手もうわかっちゃったから」
「え？　そうなのか？」
「ああ。その写真でね」

「え〜〜〜〜〜〜〜！　お前！　チ○コで誰だかわかんの!?　すげ〜〜〜〜！」
「ちがうよ…………」
　そんなヤツいるか！

「じゃ、こっちの○○○は、どこの女だ？」
「だからぁー。わかんないって！」

「ひょっとしてあの橋の上の姉ちゃんかなぁ。えへへへ」
「ちがうよ‥‥‥‥」

「あ！　やっぱわかるんだ！　誰？　誰？」
　ああ‥‥‥どう説明すればいいのでしょうか？

・・・・・・・・・・・・・・・・・・・・・・・・・・
第26話　ミステリーレディ（3）

　僕たちは、彼らが残したクソ重い高圧電流機を持って、駐在所に行きました。

「駐在さ〜〜〜〜〜〜〜〜ん！」
「開けてくれ〜〜〜〜〜〜〜〜！」

　いかにも面倒くさそうに、ランニング姿のまま、交番部に出てきた駐在さん。
「あああ？　なんだお前ら！　この夜中に！」

「それがぁ。拾得物‥‥‥‥」
　と言ったとたん。

ピシャ！

扉が閉じられました。

 扉の向こうから駐在さんの声。
「お前らのその手にはもうのらん！」

 信用がない、ということは哀しいことです……。
 しかも僕たち、まだ高校２年生。
『全日本警察に信用がない高校選手権』があれば、準優勝は固いところです。

「そうじゃないんですよ！　開けてください！」
「やなこった！」
 交番に扉を開けてもらえない高校生って……。
 いったい………。

「はぁ？　鮎の密漁めっけただぁ？」
「ええ。これ、その高圧電流機です」
「ふむぅ………電気漁か！」
 うなる駐在さん。

「重かったんだからよー」

「西条と孝昭がいながら、なんで捕まえてこない?」
「やだなぁ。駐在さん、僕ら高校生ですよ? お礼参りとかあったらいやじゃないですか」
「それもそうだな‥‥‥‥」
 学生で事件に関わってやっかいなのは、なんと言っても事後です。勝とうと負けようと、必ず事後に備えなくてはなりません。
 今日のことも、夜だからこそできたことで、昼なら相当な覚悟が必要です。

「とにかく。今からすぐそっちの係の人に来てもらうから。お前ら、まだ時間だいじょうぶか?」
「えーっと‥‥‥そうですねぇ‥‥‥‥あと‥‥‥‥」

 と、そこに、
 ぱぁ〜 ☆。..*・゜
 奥さんが、コーヒーを入れて来てくださいました。

 当然ですが、
「ずうっと大丈夫ですぅ〜〜〜〜〜〜〜〜」

「うふふ。いらっしゃい」

「いらっしゃってますぅ～～～～～～～」

 ああ‥‥‥やっぱり完熟桃はいいなぁ‥‥‥‥。
 西条くんならずとも、認めざるをえません。

 そして小一時間ほどで、その専門職の方が現れました。

 なんとこの人が。

「あ～～～～～～～～～～～～～～～～～～～！」

「あ‥‥‥あなたは‥‥‥‥！」

 そりゃ驚きます。
 だって、僕たちを痴漢にした人、その人なのですから！

「き、君たちだったの？」
 お姉さんもビックリです。

 そっか。唐沢橋に来てたのは‥‥‥。
 密漁の調査だったのか‥‥‥‥。
 どうりで‥‥‥‥。

それを僕たちは、一方的に自殺未遂と勘違いし、この人は、一方的に痴漢と勘違いしました。

　明るい下で見る彼女は、やはり夜見た時とはまるで違い、想像した年齢より年上でした。
　奥さんよりももっと。

「そうよ。密漁の監視委員やってるの。あそこには堰がつくられてたから、目をつけてたのよ」
「監視委員って……Ｇメンってことですか？」
「おお！　Ｇメン75！」

「あはははは。そんなかっこいいもんじゃないの。漁協とかからつくられてる組織だからね〜〜〜」
（漁協＝漁業協同組合。各港、河川単位で存在する）

「だからね。身元は明かせないのよ。ゴメンね」
　世の中にはいろんな職業があるものです。
「するとあの本署の情報って」
「全部ウソ？」
「うーん……全部ってこともないけど……」

　駐在さんが補足します。

「けど、桃井さんは警察官の資格持ちなんだぞ？」
「え？　桃井さんって言うんですか？」
「桃～～～～～～～～～～～～」
　西条くん、「桃」のひと文字で、すでにブレーカーが飛びそうです。

「え！　じゃぁ婦警さんなんですか？」
「そういうことになるのかなぁ‥‥‥‥」
「婦警さん～～～～～～～～～～～～～～～～」
　飛びました‥‥‥‥。

　一方、ジェミーも、
「婦警さん～～～～～～～～～～～～～～～～」
　愛があれば年の差なんて？

「でも‥‥‥‥機械だけじゃ、犯人がわからないわねぇ‥‥‥‥」
　と、まじまじと高圧電流機を見る桃井さん。

「それがわかるんです！」
　胸をはる僕。
「え？　なんで？」
　と、桃井さんも、駐在さんも、奥さんも不思議がったと

第8章　すもももももも　　157

ころに。

　西条くん、いきなり、
「これです！」

　なんと！　男からもらった○○○で×××な、どアップ写真！

「キャ～～～～～～～～～～～～～～～～～！」

　ばか‥‥‥‥。

・・・・・・・・・・・・・・・・・・・・・・・・・・・
第27話　すもももももも（1）

「ああ‥‥‥‥驚いた‥‥‥」
　と、桃井さん。
　ごもっともです。聞けば、まだ独身らしいし。

　駐在さん。まだまじまじと写真を見てましたが、
「ママチャリ‥‥‥お前、チ○コで、誰だかわかるのか？」

「わかるわけないでしょ!?」
　西条と同レベル‥‥‥‥。

「じゃ、○○○で、誰だかわかるのか？」
　こいつは‥‥‥‥。
　よく警察官やってんな‥‥‥‥。
　日本の治安に、一抹(いちまつ)の不安を抱かざるをえません。

「そうじゃなくって。この写真の持ち主を知ってるんですよ」
「誰なんだ？」

「あそこの路線バスの運転手さんです」
「あん？　本当なのか？　ママチャリ」
「ええ。今日はメガネかけてましたが。間違いありません。僕、会ったことがあるんですよ。休みと密漁の日が一致してますし。その‥‥‥写真も‥‥‥‥」
「一般人となると。間違ってたらえらいことだぞ？」
「機械に指紋(しもん)ついてるはずですから」
「そうか‥‥‥‥」

　密漁者には、他の仕事を持ってやっていた「一般人」が多くいました。というよりも、一般人のほうが多い、と言

第8章　すもももももも

っても過言ではありませんでした。
　なぜなら、密漁はあくまで季節的なもので、年中続けられるものではないからです。電気漁にしても、毎日行ってしまったのでは、すぐに枯渇してしまいます。
　逆に、買い取るブローカーは、その道のプロで、定住地を持たずに行っている者も少なくありませんでした。

　こうして一件落着～。

　にも思われたのですが、現行犯と違い、容疑から始まる逮捕劇は、予想以上にやっかいでした。
　よくこれほど書類があるものだ、と思われるほどの、調書、調書、調書。しくじると、書き直して、ハンコ押して、調書、調書。
　僕たちは、そのほとんどを本署そばに住むジェミーにまかせっきりにしました。
　その間、桃井さんが、ずっと担当されたので、ジェミーとはずいぶんと親しくなったようでした。

「なぁ。桃井さんってよ～～～」
　と、西条くん。
「尻が桃い」
　形容詞化するな。

意味がわかる自分も哀しい。

「桃井さんは素敵です〜〜〜〜〜〜〜」
　あいかわらず、ジェミーは桃井さんにお熱です。

　僕たちは、なぜジェミーが、駐在さんの奥さんには見向きもしないのに、さらに年上である桃井さんにぞっこんなのか不思議でした。
　確かに、魅力的と言えば、魅力的な女性なのですが、先生ほども年が離れているのです。

　その理由は、意外なことで発覚しました。
　ちょうど、僕たちも調書への確認があって、本署をたずねた際。
「じゃ、どうも〜」
「ご苦労さま〜」
　外まで見送りに来てくださった桃井さんに、通りかかった数人の中学生が声をかけてきたのです。
「あ。絹枝先生〜〜〜〜〜〜〜」
「ほんとだ！　絹枝先生！」
　目を白黒させる桃井さん。
「え？　誰のことかしら？」
　すると、すぐそばまでやって来た女子中学生が、

「あ‥‥‥‥すいません。人違いでした‥‥‥あんまり似てて‥‥‥‥」
「そうよね。絹枝先生だったらもっと年とってるわよ」
「あ。そうだ〜〜〜〜。すいませ〜〜〜ん」

　　はは〜〜〜〜〜〜〜〜〜〜ん。

「ジェミー。絹枝先生って誰？」
「えっと〜〜〜〜。幼稚園ときの先生です」

「ふーん。なるほどねぇ‥‥‥‥」
「なにがなるほどですか〜〜〜〜〜〜」

「いや。なかなか。ジェミーも」
「なんですか〜〜〜〜〜〜〜〜〜！」

第28話　すもももももも（2）

　件(くだん)の運転手さんが、捕まったことは、学校でも一瞬話題にのぼりましたが、みんながすでに自転車通学にもどっていたことと、すぐに夏休みとなったことで、雲散霧消(うんさんむしょう)して

しまいました。

　唯一の「被害者」であった和美ちゃんは、さすがに驚きを隠せなかったようですが、県大会が間近で、それどころではないように見えました。

「驚いたなぁ‥‥‥」
「だろうね」
　と、僕。

「でも‥‥‥これで最終バス、いっしょに乗るチャンスなくしちゃった‥‥‥」
　和美ちゃんがうなだれます。
「うーん‥‥‥。まぁそう言うなよ。あんな写真見せられるよりいいだろ？」
「え！　あんな写真って‥‥‥君も見たの!?」
「えーーーと‥‥‥。まぁ‥‥‥‥」
「えええええええ‥‥‥‥！　うそっ！」
　照れまくる和美ちゃん。
　そりゃそうです。なんつったって、○○○が××××でどアップ。
　男の僕が見ても赤面しましたから。

「で。和美。感想は？」
「バカッーーーーーーーーーーーー！」

　泣きそうなほど、真っ赤になった和美ちゃんは、果てしないほどにかわいくて。やっぱり健康的なすもも。

　その日の帰り道で、ちょうどランニングしているバレーボール部に遭遇。
　1日に2度会うのは、けっこうバツの悪いものですが、和美ちゃんは、僕に気づくと、さっきの会話を思い出したのか、また顔を赤らめて。小さく小さく手をふりました。

「はは。やっぱりすももだ‥‥‥‥」

　ちょうどその後ろ側が、偶然に駐在所。
　そこには、奥さんがいて、庭の花々に水を与えていました。
　和美ちゃんとは、対照的に、青空に溶け込むように白く。まるで、ここまで香りが伝わってくるかのようです。

　奥さんも僕に気づくと、やっぱり小さく手をふりました。

　うーん。すもももももも、すてがたい。

桃井さんは、１ヵ所にとどまられる調査員ではなく、僕たちが夏休みを迎えた直後、この事件を終えて、よその町に行かれることになりました。

　駐在さんから、そのことを伝えられ、西条くんたちと見送りに来たＮ駅のホーム。
　素性(すじょう)秘密とあってか、見送りは、ほんのひとにぎりの人たちでした。

「いろいろとありがとうございました」
　お礼を言う僕たちに、桃井さん。
「ううん。こちらこそ」

「ジェミーくんも、ありがと」
　ジェミーは、めずらしく泣きそうです。
「先生〜〜〜〜〜。また来てくださいね〜〜〜〜〜〜」
　先生じゃないってのに‥‥‥。
　でも、そこはつっこまないでおきましょう。
　だってそれは。
　淡くはかないジェミーの初恋。

「電気漁はね、なかなか捕まえられないの。君たち、お手柄だったのよ？」

第８章　すもももももも　　165

「じゃぁ、恩赦もらえますね〜〜〜」
「あ？　なんだママチャリ。恩赦って？」
　と、駐在さん。

「あの、『ゆっくりはしろう』のステッカー、もうはがしていいでしょ？」

「あ？　ダメに決まってるだろ！」

「なんでっ!!」

番外編
ふりむき地蔵

お便りありがとう。

　貴方(あなた)のことですから、きっと高等学校でも大活躍されていることと思います。

　こうして文章にふれると、先生が貴方がたのクラスを受け持ったのが、つい昨日のように思われて、不思議な気持ちになります。

　貴方はたいへんないたずらっ子でしたが、先生は、貴方たちを受け持つことができたこと、とても幸せでした。

　いいえ。お世辞などではありません。

　今でも、時おり当時の文集をひきずりだしては、貴方のやった奇想天外(きそうてんがい)ないたずらの数々を、ひとり思い出してはなつかしんだりします。

第1話　問題児（1）

「先生、今年は４年２組担任なんですってね」
　去年３年生を担任した男性教諭が私に声をかけてきた。

「ええ。そうだけど。どうしてですか？」
「あー、気をつけてくださいね」
「なにを？」
「あそこのクラスには、ちょっと手に負えないいたずらをする子がいるので……」

　手に負えない？

　私も教鞭をとって20年。
　自分で言うのもなんだが、ベテランの類に属する。
　小学生にいたずらはつきものというものだ。それをなにを今更。

「あははは。はいはい。だいじょうぶですよ。先生」
「いや。普通のいたずらっ子とは違うんですよ」
「でも小学生４年でしょ？　そういうのが面白い年頃なの

よ」

　私には、すでに何百人という小学生を見てきた、というプライドがあった。
　それは手もつけられないような悪いことをする子もいたし、いたずらっ子だって、毎年必ずいる。
　けれど、彼らのいたずらは、世代が代わっても、どれも似たりよったりのレベルだ。今更、若い教師にどうこうアドバイスを受けるようなものではない。

　とは言うものの、初めて教室に入る際は、入り口の扉も確認。

　案の定、黒板消しがはさんである。
　定番だ。子供のいたずらなどこのレベルである。
　新任の教師がちょっとやそっと手を焼いたとしても、私などのベテランに通じるものではない。

　はて。
　問題は、ここでひっかかってやるべきかどうかだ。

　子供がせっかく創意工夫したいたずら。わざとひっかかって華を持たせてやるのも、教育のひとつではあるのだが

‥‥‥‥。
　しかし、昨日パーマ屋にいったばかりの私にとって、チョークの粉はちょっときつい。

　そこでわたしは、出席簿を頭にのせて、そこを通ることにした。子供を傷つけず、しかも、なめられることもない。
　我ながらベストチョイスだった。

　ガラ‥‥‥‥。

　が、黒板消しは落ちてこなかった。

　？
　？

ははーん。テープでくっつけたか。
確かに４年生にしてはやるものだ。

教室はクスクスと笑いにつつまれている。
が、ベテラン教員である私に通じるものではない。

「うふふふ」

私はできるだけ、平然と、その黒板消しをはずそうとしたが‥‥‥。
　なかなかはずれない。

　少しだけ力を入れてみた。

「先生。あぶないです」

　男子児童のひとりが言ったが、いちいち小学生の言うことに耳を貸していられない。

「よいしょっと！」

　かくして黒板消しははずれたが‥‥‥。

　バリ‥‥‥。

　なにやら扉のレールみたいなものがついてきた。

　とたんに‥‥‥。

　???

ゆら…………。

開いた扉が大きな弧を描いたかと思うと

ゆっくりと。
ゆっくりと廊下側に倒れていく。

うそ???

わたしは大慌てで扉を押さえた。

危機一髪……。

と、思ったらもう１枚の扉も倒れてきて。

ガシャーーーン。

「誰!?　誰がやったの？」
　ヒステリックに叫ぶ私に。

「先生です」

その子は、いたって冷静に答えた。

「な、なんですって？」

「だから危ないって言ったじゃないですかー」

　こいつだ。

第2話　問題児（2）

　進級式直後の「扉破損(はそん)」は、瞬く間に職員室の話題となっていた。

「やられましたね？　先生」
　進言した男性教諭は、まるで鬼の首をとったかのような喜びようだ。
「でも、先生はマシです。僕のときは黒板が落ちましたから。あはははは」
「黒板が……落ちた………？」

　そう言えばそんな話を去年聞いたっけ……。

確か1学期の授業参観日に起きた珍事件だった。去年なのだから、まだ3年生……。
考えられない。
どうやら敵さんは、思ったより手強（てごわ）いらしい。

それにしても、普通の児童は、学校のガラス1枚でも割れれば、青ざめるものだ。それが彼にはまったくといってない。
怒られているときは、ひとしきり反省の表情を見せるが、それが演技であることは容易にわかった。
私の興味は、その一点にそそがれた。

小学生くらいだと、いたずらをする行為は、自己主張の一種と考えられる。
指導要綱（ようこう）にも書いてある「常識」のひとつだ。つまり、かまってもらいたい、のである。

しかし、その子はまるで違っていた。引き継ぎ書を見る限り、けして「不良生徒」でもなく、普段は明るい「典型的な良い子」らしい。

それどころか、その子が1学期のクラス委員に選ばれ、私を驚かせた。

「同級生とか下級生にはまったくやらんのです。どうも標的は自分より目上って決めてるみたいで‥‥‥」
「目上‥‥‥ねぇ‥‥‥」
　私が彼のいたずらのパターンに気づいたのは、それからちょっと後のことだった。

　その日の午後一番の授業は、体育。
　私は少し授業に遅れていて焦(あせ)っていた。

　グランウドでは、生徒たちが鉄棒の前に集まっていた。体育係に、あらかじめ今日の授業が「鉄棒」であることを伝えてあったからだ。

「はい。では、今日はみなさんの運動能力を見るために、鉄棒をやります」
　生徒たちから落胆の溜息(ためいき)が聞こえる。

「3年生までどれくらいやってきたかを見るだけですから」

　鉄棒という授業は、生徒をまっぷたつに分ける。
「出来る子」と「出来ない子」だ。

前者は嬉々としてのぞみ、それ以外の子は憂鬱に顔を落とす。それは世代が何代変わっても同じだ。
　しかし良くも悪くも、ベテランの私はその境遇に馴れてしまっていた。

「じゃ、名前を呼ばれた順番に前に出て逆上がりしてください」
　悲喜こもごも、生徒たちから声がもれる。
　これも毎年のこと。

　が、

「できません」
　問題児が言った。

　そう。委員長だ。

「あら、どうして？　委員長」
「鉄棒が握れないからです」
「手でも悪いの？」
「いえ」

「じゃ、握れるでしょ？」

「先生やって見せてください」

　なんという人を馬鹿にしたことを！
　私は半分苛立ちながら
「じゃ、先生がお手本をやりますから、よく見ていなさい。こうやって‥‥‥」

　思いっきり鉄棒を握った。

　が。

「あぢ〜〜〜〜〜〜〜〜〜〜!!」

　なんと鉄棒は、すさまじい熱を持っていた。
　とたんに生徒たちが笑いだす。

「な、なにをしたの？」

「超集熱器の実験です」

職員室。

　超集熱機とは、なんのことはない虫めがね。
　それもハンパではない。理科室のものを12個集めてつくったのだと言う。
　それを見せられたときは、その構造に、怒るのも忘れてうなってしまった。糸をつかって、焦点がひとつになるよう作られている。

「紙なら白くても５秒で燃えます」
「そういうことを言ってるんじゃないのっ！」
「は〜い」
　例によって反省の色なし。

「どうしてあんなことをしたわけ？　逆上がりができないから？」
「いえ。僕は去年できるようになりました」
「じゃぁ、どうして？」

　すると彼は、
「先生。どうして鉄棒で体育の成績が決まるんですか？」
　逆に質問をしてきた。

「片手がない子がいたらどうなるんですか？」
「その子は試さないわ」
「その子は体育１ですか？」
「そうじゃないけど‥‥‥そんな子クラスにはいないでしょ？」
「クラスにはいませんが、世の中にはいっぱいいます」

　なんという、へらず口を‥‥‥。
　私はまたしても苛立った。

　彼にはまだ主張があるらしい。
「両手がそろっているとして、筋肉の力って、みんな同じなんですか？」
「え？」
「どうしてそれで成績決まるんですか？」

「あのねぇ‥‥‥」
「筋力がない子は悪い子なんですか？　ダメな子なんですか？」
　間髪をおかない。
　なんて話し方のうまい子だろう。

「でもね。出来る子と出来ない子は分けなきゃいけないで

しょ？」
「どうしてですか？　逆上がりできる子は、今日学校に来ても出来ます。でも、出来ない子は毎日毎日公園で練習して練習して、それでも出来ないんです。去年の僕もそうでした」

「それは……そうだけど……」
「一所懸命な人間が、なんにもしなかった人間よりダメなんておかしいです」

　私は。あろうことか、小学4年生の質問に答えられなかった。
　よくよく聞くと、彼は「誰か」をかばうために、鉄棒に細工をしたらしい。
　それが誰であるかは、すぐにわかった。ずっと片手が麻痺していた子がいたのだ……。
　その子が今年、養護学校から私のクラスに入ってきた。

「誰にでもね。得意なことと不得意なことはあるのよ？」
「先生たちはいっつもそう言うけど、出来なかった子がどれくらい恥ずかしくつらい思いをするか、わかってないもん」
「そんな……」

「先生は出来る人だから。出来ない人の気持ちなんかわかんないんだ」
「‥‥‥‥‥」

　彼は敬語を使うのをやめた。その「効果」を知っているのだ。
　私は、わかっていながら、返す言葉を失っていた。

「それで。去年は黒板落としたの？」
「え‥‥‥‥‥」
「授業参観があったから？　誰かをかばったつもりなの？」
「‥‥‥‥‥」

　そう。去年、まだ３年生だった彼は授業参観をぶちこわしにした。黒板を落とすという考えも付かない手段で。

　今度は彼が黙った。

「ま。いいでしょう‥‥‥」
　彼はようやく安堵した顔になった。

「けれどね。先生、火傷しそうになったのよ？」

番外編　ふりむき地蔵　　183

「先生。ごめんなさい」
　謝ってはいるが、今回も、まったく悪いことをした、などとは思っていない。

　そうだ。この子には「信念」があって、それに従っているのだ。
　教師でもなく、むろん学校でもない。
　それはある意味褒めるべきことでもあったが、その方法と節度のなさは大問題だ。善悪判断も子供のものだった。

　案の定、その後彼は、町の大人たちまで巻きこむ大事件をひき起こした。

第3話　目撃者（1）

「先生、ふりむき地蔵ってごぞんじですか？」

　〝本伝沢のふりむき地蔵〟私がその名前を初めて耳にしたのは、件の男性教諭からだった。

「さぁ……。聞いたことあるかもしれないけど」

「今ね。児童の間ではけっこう話題になってるんですよ」
「ふうん‥‥‥」

　本伝沢は、学校から２キロほどのところにある中規模な沢で、小さな川が流れており、そのまわりがうっそうとした森になっている。
　その森の中央を、一本道路が通っていて、児童たちの通学路となっているのだが、昼でも暗いその森は、学校でも「危険箇所」として指導が入っていた。
　実際に、戦前、女児の連続殺人のあった場所で、その供養のために２体の地蔵がたてられているという。

「その地蔵がね‥‥‥。人が通った後にふりむいてるんだそうなんです」
「ははは。まさか」
「それがねぇ。新しく受け持ったクラスでも、見たって子がけっこういまして‥‥‥」
「お地蔵さんがふりむくのを？」
「ええ。これがけっこうな人数でしてね」
「そう」

　おもしろそうな話だったが、いちいち生徒たちの怪談につきあっている暇はない。子供らはおうおうにして、そう

いう話が好きなのだ。

　私は、それよりも、朝の会議で伝えられた「学区内でおきている謎の盗難事件」のほうに関心があった。
　刑事事件より「児童の怪談話」に興味があるとは、彼もまだまだ若い。

　私が「ちまたで噂の」本伝沢を通ることになったのは、家庭訪問の日だった。

　新年度が始まると、毎年どこの小学校でも「家庭訪問」がある。
　担任の教師が各家庭をまわって、保護者と対談するこの行事は、児童にとっては、楽しみのひとつだが、教師の立場からはそうでもない。
　なにしろ田舎は、その距離がはんぱではない。円周にすれば、その距離は数10キロにもなる。これを女だてらに自転車で走り回るのは、ひと苦労だ。

　家庭訪問は1週間にわたって、地域単位で行われる。
　1軒、訪問し終わると、そこの児童が次の児童の家を案内をするのが習わしだ。

それは児童と1対1で話せる貴重な時間でもあるのだが。

「先生。ふりむき地蔵って知ってますか？」
　本伝沢を通った時、女子児童が男性教諭とまったく同じことを言い出した。
「ええ」
　自転車をひきながら答えると、

「あれなんですけど‥‥‥‥」
　その児童が、森の茂みの方向を指さした。

　茂みの中、小さな野仏は、どこにでもあるたたずまいで、川の側を向いて立っていた。

「ええ。聞いたことあるけど。信じてるの？　あはは。あんなの迷信よ、迷信」

　私は女児の不安をとりのぞくため、極力、明るくふるまったつもりだったが。

「いえ。わたし。見たんです‥‥‥‥」

「え‥‥‥‥？」

「おじぞうさんがふりむくの‥‥‥‥」

　私は自転車を止めた。

「いつ？」
「去年の‥‥‥‥今頃です」
「去年？」

　その子は、誰かに話すと「祟られるかもしれない」と信じ込んで、今日まで誰にも話さなかったのだという。

「下校のとき、通り過ぎたら音がしたから。そしたらお地蔵さんがこっちを‥‥‥‥」

　かわいそうに。すっかり怯えている。

「きっと誰かのいたずらよ。心配ないわ」

　いたずら‥‥‥‥という言葉を自分で言って、わたしはふとある人物が脳裏に浮かんだ。
　そう。我がクラスの委員長だ。

が、小学生のするいたずらが1年以上も続くものだろうか？

　ありえない。

　翌日。家庭訪問は、その委員長宅。
　私は彼の家庭環境に非常に興味があった。
　彼の母親は、地域では有名だった。なにを隠そう、この私でさえ知っていた。
　なぜなら彼女は、この小学校の歴史上、唯一、教育長賞を受賞しているからだ。県下の小学校児童から1年にたったひとり。それは、戦前戦中の多産の時代において途方もない名誉で、受賞した日は、町をあげてのお祭り騒ぎだったらしい。
　いわゆる神童である。

　が、鷹の子が鷹とは限らない。委員長はそのいい例だった。
　彼は、いたずらと芸術面でこそ年齢とかけ離れた才能を見せるが、学業においては、少なくとも飛び抜けた「天才」というわけではなかった。

　彼の家までの道のり。

わたしは再び、本伝沢を通ることになった。
　案内役はクラスの千葉くん。

　森の高木が太陽の光を遮り始める。
　木漏れ日さえ落ちない通学路。
　そのかたわら。昨日とまったく同じ様子で、お地蔵さんは川の方向を眺めている。

「ねぇ。千葉くんはふりむき地蔵知ってる？」
　私は千葉くんにたずねてみた。

「そりゃ知ってますよ！」
　怪談めいた話だというのに、彼は、いつものように極めて明るく答えた。
「あれのことよね？」
　私は自転車のハンドルから片手を放して、指さした。

「あー、そうかもしれませんね！」
「千葉くんは信じてる？」
「もちろんですとも！」
　私は、彼のこの明るい受け答えもひっかかった。

「千葉くんは怖くないの？」
「怖いです！」
　ぜんぜん怖く聞こえない。

　おかしい‥‥‥。

「委員長も知ってるかしら？」
「あったりまえですよ～～～～～」

　当たり前？

「あ。いや。クラスで知らない子はいません、ってことです、です」
「ふうん‥‥‥去年あたりもふりかえったの、見た子いるみたいね」
「そりゃそうでしょー！」
「？」

「あ、失敗」
「？」

　なにか知ってる。

第4話　目撃者（2）

　小学生男子は、ボロも出しやすいが、結束は固い。
　千葉くんは、それ以上そのことについて、案の定「ダンマリ」を決めこんだ。

「そ……。そういうことね」
　私もそれ以上の追及をやめた。
　子供たちの心というのは、ガラス細工のようにもろい。しかも、ひとつの傷がひきずる時間は、大人の比ではない。
　逆に言えば、千葉くんが黙ったことこそが、なによりの肯定だった。

「ここだよ。先生」
「ありがとう、千葉くん。気をつけて帰ってね」

　家庭訪問は、平等に行われなくてはならない。各戸30分。次の家が親子首をそろえて待っているのだから当然だ。
　このため、私は委員長の家を最後にまわしていた。
　お地蔵さんではなく、彼の母親に興味があったからだ。

「先生、いらっしゃい！」
　委員長は、家の外まで出て私を待っていた。
　いたずらこそ子供離れしているが、かわいいものだ。

「いつもお世話になっております」
　かつて神童と呼ばれたその母親は、見た目「普通の人」だった。

　彼女は私より少し下の年代。
　実は、私も出身小学校では「教育長賞」の候補として上がったことがある。
　が、戦時中の「軍の勲章(くんしょう)」でもある教育長賞は、ほぼ全ての科目が「満点」でなくてはならない。「つきなみの才能と努力」くらいでは、いただけない勲章だったのだ。

　かつて羨望したものが、受け持った子の母親として目の前にいる。
　それはちょっと奇妙な感覚だった。

　ひととおりの短い世間話。
　子供の成績の話。

　ここからちょっとだけ違う。切り出したのは私。

「息子さんは、ちょっと特殊なことに才能をお持ちのようで……」
「あ。ひょっとして……いたずらですか？」
「はい。ひょっとしなくてもそうですね」

「ひょっとして……ご迷惑をおかけしてしまいました？」
「はい。ひょっとしなくても」
　私と彼女は、子供をはさんで笑いあった。

「先生。この子がなにかしでかしたら、ぶってかまいませんから」
「え～～～。そりゃないだろ？　母ちゃん」
　当の本人がちゃちゃを入れる。

「あら。悪いことしたらぶたれるのあたりまえでしょ？」

　しかし、母親である彼女は、子供をぶったことがないのだと言う。
「ええ。一度もありません。父親は殴っていいことにしていますが」
「殴っていいことにしている？」
「母親は、子供にとって最後の逃げ道ですから」

彼女は、子供が育ってきた過程を理路整然と説明した。
体罰とはなにか
親とはなにか
教育とはなにか、まで。

　そして。

「けして親だけで育てているなどと、おごったことは考えていませんので」
　元神童は、おだやかな口調でそう結んだ。

　残念なことに、私は、その間、ひとこととして言い返せなかった。
　そのおかげで、私は「ふりむき地蔵」について、彼から聞き出すきっかけを失った。

「先生。さいなら！」
「はいはい。また明日ね」
　庭まで見送りに出た母子に、私は手をふって別れた。

　帰り道、ほどなくしてまた本伝沢にさしかかった。
　お地蔵さんは、来た時と同じように川を向いている。

私は自転車を止めた。

「ふりむき地蔵」の噂は、もはや放置しておけなほどに広まっていた。
　子供ばかりでなく、大人たちの間でも、まるで昔からの民話のようにして伝わっている。
　それが、わたしの受け持ちの子の「いたずら」であるとすれば、たいへんなことだ。

　茂みをわけいってお地蔵様までたどりついた。

　やはりなんの変哲もない。普通のお地蔵さんだ。

「動くのかしら？」
　が、地蔵は地蔵だ。しっかり固定されていて、びくとも動かない。
　動かせるとすれば、赤い「よだれかけ」くらいだ。

　もともと「地蔵」のよだれかけは、子を亡くした親が、地蔵菩薩にその子を守ってもらうためにつけるのだと言う。「本伝沢の連続女児殺人」は、実際にあった事件だったので、まさしくそのためだ。

首も、根元もビクともしない。
動かされた形跡もまったくない。
物理的に「ふりむかない」。

なのに女児は「実際に見た」と言い、千葉くんはなにかを知っている。

いったいどういうこと？

「あんた」

第5話　目撃者（3）

「あんた」
　男の声で、私はびくりとして通りを見た。

「なぁんだ。小学校の先生かぁ。なにやってんだ？　そんなとこで」
　私を知っているということは、近所の人らしい。
　農作業の帰りだろうか。

私は胸をなでおろした。

「ええ。ちょっと生徒たちが、このお地蔵様を怖がってるので……」
「ああ。ふりむき地蔵か？」
　やはり。大人にもひろまっている。

「どうでもいいけど、そんなとこにいると野犬に襲われっぞ」
「野犬？」
「ああ。このあたりで出るんで。前も、そこのじいさんが噛（か）まれて、えらい怪我（けが）してなぁ」

　それは聞き捨てならない。
　野犬が出るとなれば通学路。ふりむくだけのお地蔵さんより、ずっとやっかいな話だ。

「いつごろですか？」
「去年あたりからかなぁ。白いのと、ブチのがいたんだけどな」
「去年……」

「そう言えば最近見ないな。おっ死んだかな？」
「そうですか」
「けっこうでっかい犬でよー。子供らは、それから、その地蔵さんを犬神様とか言うようになってな」

「犬神様‥‥‥？」

「そうそう。じいさんが噛まれたのは地蔵さんのタタリだとかってな。犬キライな人だったから」

　ばかばかしい。
　が、祟りは迷信にしても、とにかく野犬は放っておけない。
　私は、ひと通り、農夫の話を聴取し、覚え書きに書き込んだ。

「ありがとうございます。明日学校に報告します」
「ああ。それがいいだろ。万一子供噛まれたらえらいことだもんな」
「ええ。ところで。あの‥‥‥ここはよく通られるんですか？」
「ああ。すぐそこに俺っちの田んぼあるからな。毎日通るさ」

「あの。バカなことおうかがいしますが。お地蔵さんがふりむくのは……その……ご覧になられたことあります?」

　私の質問に農夫は、
「あるよ」
　私の生徒よりも、実にあっけなく、しかも明確に答えた。

「2、3度あっかな?　まぁー、最初は気持ち悪かったが。別に犬神様のたたりもないしな」
「そうですか……そんなに……」
「第一、ここ通んなきゃ仕事になんねーから。ははは。おっかないとか言ってらんねぇ」
「そうですね。ほんと一本道ですものね」

「とにかくよ。本伝沢は、昔っからなにかと事件の多かったとこだ。女だてらに森に入るのは感心しねぇな」
　そう言ってから、農夫は、言葉づかいと不似合いなほどに丁重に頭を下げ、去っていった。

　農夫の証言で、謎は深まった。

少なくとも小学生がグルになって噂をひろめているわけではなさそうだ。

　本当にふりむくのか？
　いや。物理的にふりむかない。
　さっき自分で確認したばかりではないか。

「ふぅ」
　私はひとつ肩で息をついた。

「さ。帰ろ」
　続きは明日でいい。

　ノートを鞄に入れようとしたが、手をすべらせて、シャープペンシルとともに地面に散らばった。

「いけないけない」
　動揺している？
　私らしくもない。

　私がしゃがんで、それを拾おうとしたとき

　ふと、

視界にお地蔵さんが入った。

「え…………！」

お地蔵さんは

川ではなく、

私の方を向いていた。

・・・・・・・・・・・・・・・・・・・・・・・・・・・・・・・・・
第6話　目撃者（4）

私は声を上げて逃げた。
　いや。正確には、声を上げたのかさえ定かでないほど、驚いて逃げた。

物理的にふりむくはずのないものがふりむいている。
　そういう「非科学的」なものを自分の目で見たのは、生

まれて初めてだったのだ。

　自転車をこぎながら、私は現象を理解しようと考えをめぐらせた。

　誰かが動かした？
　いや。誰かが動かしたとするなら、その気配はするはずだ。
　第一、容疑者たる委員長は、家にいた。
　それなら共犯の可能性のある千葉くん？

　いやだ。受け持ちの生徒を疑うなど……。

　しかし、私の猜疑心はあっという間に払拭された。

　千葉くんが学校のグランドで遊んでいたのだ。

「千葉……くん。ずっとここにいたの？」
「うん。ここ、家から近いから」

　放課後から解放される学校の校庭は、近所の子供のいい遊び場だった。
　彼の家は、クラスでも何番目かに学校に近かった。

「家庭訪問、終わったんですか？」
「ええ‥‥‥今日のぶんはね」
「ごくろーさまでした！」
　くったくなく笑う。

「あのね。千葉くん」
「なんですか？」

「先生。あなたに聞きたいことあるの」
「‥‥‥‥‥‥」

　子供は、こういうことの察知だけは早い。
　彼には、私がなにを言い出すか、わかっているかのようだった。

「あのね。千葉くん。本伝沢のふりむき地蔵のことだけど‥‥‥」
「‥‥‥‥‥」
　やはりダンマリ作戦。か‥‥‥。

「さっきね。先生行ったらふりむいたの」
「ほんとですか？」

やはりさほどに驚く雰囲気はない。

「ええ。先生、びっくりして逃げてきたのよ？」
「ふうん‥‥‥」
　動じない。
　私は意を決した。

「先生ね。ほんとは千葉くんや委員長が動かしてるのかなって‥‥‥」
「俺たち。動かしてませんよ」
　この答えにも淀みがない。
　ではこの子はどうかかわっているのだろう？

「そう‥‥‥。ごめんね。疑って」
「‥‥‥‥‥」

　最後のよりどころとも言うべき「推理」はもののみごとにはずれた。
　だが千葉くんの落ち着きようはやはりおかしい。
　うわさの「怪談」を担任の教師が見た、というのだから、もっと興奮してもおかしくない。そういう年齢だ。
　なのに彼の態度はどうだろう？
「動かしていない」ということだけを、間髪を入れず、極

めて冷静に伝えた。
　その言葉に嘘がないのは間違いない。その代わりに、なにかを知っていることもやはり間違いない。

「ねぇ。千葉くん。お地蔵さんのこと、なにか知ってたら教えてくれないかな？」
「・・・・・・・・・」
「犬神様なんだってね。ふりむき地蔵」
　この質問には答えた。
「そうですよ。犬のバチがあたるんだ」

「どうしてなのかしら？」
「わかりません」

　私は家に帰ってもなお、今日見た地蔵の顔が頭をちらついて、寝所では、年甲斐もなく夫のそばに寄った。

　どこでもそうだが、子供たちは「謎の現象」が好きだ。
　特に男の子。
「ふりむき地蔵」の噂は、上級生が下級生たちを「脅す」材料にさえなっていた。

　恐怖心を煽る噂には、尾ひれがつくのも常。

「ふりむかれた人は死ぬ」
「地蔵が歩いて枕元に来る」
「ふりむいた顔が子供だった」

　逆に現実派でもある女の子たちは、さかんに楽観的なほうへと持っていこうとする。
「ふりむいたのを見るといいことがある」
「好きな人の名前をおじぞうさんに言うと恋が叶(かな)う」
　などなど。
　よくもこれだけあるものだ、というほど話はひとり歩きしていた。

　が、それからほどなくして、もうひとつの事件が、生徒たちの話題を占めた。
　特に、高学年の生徒の間では、ふりむく以外、これと言ってなにもしないお地蔵様より、ずっとずっと彼らの好奇心を煽った。

　連続窃盗(せっとう)事件である。

第7話　時計泥棒

　連続窃盗事件。
　警察沙汰でもあったこの事件は、民話的な「ふりむき地蔵」より、ずっと現実味があるわけだが、これも奇妙な点がいくつかあった。

　まず、連続というくらいだから、それなりの件数が被害にあっているわけだが、窃盗事件というのに、物が盗まれていないこと。

　正確には、最初の家だけは実際に盗難の被害に会った。
　最初の被害者は老夫婦の家で、盗まれたのは大きな「置き時計」ひとつだった。

　このため、この犯人は「時計泥棒」が通称となったが、その後、侵入の被害に会った家々は、どこも物が盗まれた形跡はなかった。
　土足の足跡だけが侵入の痕跡としていつも残っているのである。

そこで生徒たちは、いや、あるいは大人たちの間でも、この犯人は「探している置き時計があるのでは？」と、まことしやかに伝えられた。

　もうひとつ。

　子供たちが興味を抱いて止まなかった理由として、
「お稲荷さんを奉っている家は襲われない」
　という、迷信めいた共通点。

　田舎には、古くからお稲荷さんの信仰があり、それを奉っている家が少なからずあるが、被害にあった家は、いずれも違っていたのだ。
　むろん、稲荷神社の近辺は、まるで避けられたたかのように、被害を逃れていた。

「ボクんとこはお稲荷さんいるから大丈夫だ！」
「いいなぁ。おれんちは違うから危ないや」

「先生。なんでお稲荷さんいるとこは泥棒にあわないんですか？」
「さぁ……。どうしてかしらね」
　子供の話だからこそ、さほどに違和感がないが、いつし

か大人の間でも、同じような内容の会話がなされるようになった。

「お稲荷様が守ってくれる」

そしてこの事件について、学校も放っておけなかった理由はことごとく児童のいる家が狙われたこと。
教員としては、いやな共通点だった。

これが児童たちの間で話題にならないわけがない。
「ぼくんち、一昨日(おととい)、時計泥棒が入ってさー」
「うそ？」
「ほんとだよ。警察とか来てたいへんだったー」

生徒同士では、「時計泥棒」に入られることは、一種のステイタスのように語り合われていて、真偽(しんぎ)混じり合い、どの子が本当のことを言っているかさえわからなくなっていた。
被害に会った子供の家は、けして金持ちというわけでもなく、むしろ、普通の農家が多かった。

なにしろ田舎の家は、鍵(かぎ)などかけない。というか、鍵そのものがない。いたってのどかなものだ。

夏なら、どの家庭でも、夜昼なく、すべての戸口は開け放たれていた。
　もともと田舎の農家は、外壁よりも戸口の方が圧倒的に多い。つまり、全部に鍵をつけるなど、もともとありえないことだったのだ。

　そこで流行ったのが、

　番犬である。

　被害に会った家は、ことごとく番犬がいなかったため、警察でも真顔で「番犬」を薦めたのだ。

　一見、まったく無関係に思われた「お地蔵様」と「時計泥棒」だったが、ここにひとつの共通項が表れていることに、子供はむろんのこと、大人も、誰ひとり気づいていなかった。

　私も、まったく気づいていなかったのだが、ある日、この事件は大きな転機を迎える。

「時計泥棒」の容疑者が捕まったのだ。

いや。時系列から言えば、
「とっくに捕まっていた」
　のである。

　もともとが置き時計程度の窃盗。どの報道機関でも報じられることはなかった。

　学校にその報告が来たのは、容疑者が「容疑を認めた後」であったため、そこにひと月ものタイムラグがあった。

　そう。犯人は捕まっていた。
　なのに窃盗事件は続いていたのだ。
　いや。これも正確に言うなら「他宅侵入事件」のみが継続されていた。

　容疑者は、なんのこともない流れのコソドロだった。
　とりたてて「置き時計」を狙ったわけでもなく、単に被害者の家に、金目（かねめ）のものが「置き時計」しかなかったから。
　まぬけなことに、これを骨董屋（こっとうや）に売りに行き、そこから足がついて「御用（ごよう）」となった。

　この男の特徴は、身長が180㎝以上の大男であったこと。
　このため、靴のサイズは28㎝もあり、これが事件をや

やこしくした。

　その後の「他宅侵入」もすべて28cmの靴跡が残っていたからである。
　同一犯と思われたのは、すべてこの珍しいサイズの靴跡のせいだった。

　が、考えてみれば、いかにコソドロとはいえ、盗みに入るごとに痕跡を残して行く、ということ自体、奇妙な話だ。

　容疑者は、取り調べの間、拘束(こうそく)される。
　１ヵ月もの期間があったのは、余罪があったからである。

　では。
　その拘束期間、誰が生徒の家々を襲っていたのだろうか？

　真犯人はいったい？
　なんの目的で？

第8話　犬神（1）

　この事件の意外すぎる糸口は、「ふりむき地蔵」の噂が沈静化した頃、ようやく見つかった。

いや。
できれば見つけずにすめばよかった。

なぜなら、

糸口は、私の受け持つ教室で見つかったからだ。

　その年の梅雨は長く、夏休み直前まで雨の日が続いていた。
　１学期ももうすぐ終了、という、雨の日の放課後。
　女子児童たちが教室に集まっていた。他のクラスの生徒たちもいる。

「あら。あなたたち。まだ帰らないの？」
「あ！　先生！」

女子児童たちは、あわてて身を固めると、なにかを隠した。

「なにをしてるの？」
「いいから！　先生はあっち行って！」
　普段大人しい子までが、まるで私をかたきのように声を荒らげる。

　ところが。

　クゥン。

　彼女らが私から隠そうとしたのは、小さな小さな子犬であった。
　それも４匹。

「この子犬たち……どうしたの？　学校に持ってきちゃダメでしょ？　あなたの家の？」

「いえ。捨て犬です……」
「困ったわね。もどしてらっしゃい」

「いやです。この雨じゃ死んじゃうもの」
「だって学校じゃ飼えないわよ？」

「だって‥‥‥‥」

　子供が学校に捨て犬を持ってくることはめずらしい話ではない。それこそ、今まで赴任した学校、すべてで起きていた。

　が、彼女たちの目的はちょっと違っていた。

「え？　委員長に？」
「そうです。委員長に渡すと必ずもらう家が見つかるからって‥‥‥」
「どうして？」
「わかんないけど、今までもずっとそうだったの」
「みんな知ってるよねー」
「ねー」

　あきれたことと言うべきか。
　委員長は、この「捨て犬」の斡旋をずっとやっているらしい。
　逆に言えば、彼が他の子から信望を受けている理由もこ

のあたりにあるようだ。

「いつも学校で渡してるの？」
「いえ。今日は雨が降ったから‥‥‥」
「ほらぁ。だからさっさと待ってこうって言ったでしょ？」
「だって、ミっちゃんたちが子犬見たいって言うから‥‥‥」

　仲間割れだ。
　女の子というのは、少人数ならそうでもないが、多人数になると男の子よりずっと結束が弱い。
　さらには、口が達者（たっしゃ）なぶん、ボロボロとしゃべり始める。

「だって先生に見つかると、必ずもどしてこいって言われるもん」
「見つかっちゃったじゃない」

「はいはい。わかったから。とにかく雨だから教室に持ってきたのね？」
「はい‥‥‥」
「じゃ、普段はどこに持ってくの？」

番外編　ふりむき地蔵　　217

「犬神様です」

　犬神……。

「犬神様って……ふりむき地蔵様の?」
「そうです。本伝沢。犬神様に守ってもらうんだって」
「そうすると飼ってもらえるの?」
「わかんないけど。もらわれた犬はみんな飼われてるよ」
「飼われてるって……わかるの?」

「だってねー」
「見せてもらえるもんねー」
「ねー」
「みんな元気だよ!」

　どうやら学校の知らないところで、常習的に行われていたようである。
　逆に言えば、それだけ学校近辺への「捨て犬」が多いということでもあった。
　それは毎年問題になっていたのだが、そう言えば、今年はパタリとない。

「ふうん。そうだったの。それにしてもすごいわね。委員

長」
「ほら。時計泥棒ってあったでしょ? それで番犬を……」

　あ…………….。

　まさか…………。

　まさか…………。

　ガラッ。

　後ろの扉が開いて。

　そこには、雨でグショグショに濡れた委員長が立っていた。

第9話　犬神（2）

「あ……。先生」

ばつが悪そうにたたずむ委員長。
そのあどけない表情は小学4年生そのものだ。

私はかける言葉を一瞬失っていた。

まさかこの子は「子犬を番犬としてもらう家を増やす」ために、他宅侵入を繰り返しているのでは？
だとすれば、このあどけない表情の子供は、理由はどうあれ、まぎれもない犯罪者だ。
それも「連続」となれば、学校で処理できるものではない。

教え子、それも4年生から犯罪者が出たら……。

私とて、ただではすまないだろう。
いや、あるいは校長先生も。

「だめじゃないか。学校に入れたら」
「ごめんなさ〜い」
女子のうち2人が、プール授業のタオルを持ち出して、彼のもとに寄った。

「どうしちゃったの？　傘持ってないの？」
「言ってくれれば貸したのに」
「ん。いいのいいの。先生、ごめんなさい」

「え？　あ、なに？」

　彼の謝罪で、私は初めて我にかえった。
　私としたことが。ひとことも声をかけなかったのだろうか？
　そうだ。私の思考は、それどころではなかったのだ。

「子犬、すぐ外に出しますから」
「あ‥‥‥。そうね。そうしてくれる？」

　まだ上の空で答える私。

　ようやく、
「どこへ持っていくつもりなの？」
「このままじゃもらってもらえないから」
　彼は質問とは違う答えを返した。

「もらってもらえない？」

女児たちも一斉に質問する。
「どうして？　ねぇ」
「どうしてこのままじゃダメなの？」

「えっとねー」
　彼の説明は、まるで動物商でもあるかのように正確だった。
「全体に毛づやがないし。やせすぎだね」
「そっかなぁ。かわいいよ？」
「子犬がかわいいのは一瞬だけだもの。もらってもらえるコツってあるんだよ」

　そして、
「このままだと、1週間しないで死ぬね。栄養失調だ」
　冷淡に言い放った。

「うそ！」
「だって元気だよ？」
「毛で覆われてるからそう見えるだけだよ」
　一匹ずつ「状態」を確認する委員長。

「ほら。歯茎の色。これが白っぽいのは不健康な証拠なんだ」

「へーーー」
「どうすればいいの？」
　女子たちは、心配そうに委員長をとりかこむ。

「まだ嚙めるとこまではいってないかなぁ‥‥‥」
　小学生が捨て犬を見つけたら、せいぜい給食のパンか、牛乳のあまりをやるのがめいっぱいだ。それで「生きる」と、信じている。
　が、委員長は1匹ずつ、それぞれの離乳(りにゅう)の状態を見ている。
　この子は、慣れているのだ。

「ねぇ。これ嚙んで」
　委員長は、ポケットから1本の魚肉ソーセージを取り出すと、ミッちゃんという子に渡した。

「え？　あたしが？」
「そう」
　当然そうに言う。

　ミッちゃんは、なにがなんだかわからぬまま、言うことに従った。

「飲み込まないでね」

　そう言って、委員長は彼女の口元に、手を差し出した。
　あっけにとられるミッちゃん。

「ちょうだい？　はやく」
「……」

　ミッちゃんは一度躊躇したが、噛んだソーセージを差し出された彼の手のひらに吐き出した。
　それを、なにごともなかったように犬に与える委員長。

　犬は大喜びで食べている。

「どうして自分で……噛まないの？」
　ミッちゃんが頬を赤らめたままたずねた。

「僕、虫歯あるから。虫歯のバイキンは犬も共通なんだ。ミッちゃんは、歯の健康優良児だろ？」

「え……ええ。覚えてたの？」
「うん。ごめんよ。やなことさせて」
「う……ううん」

私は単純に、彼の「女の扱い」に感心してしまった。

　もともと女には、産んだ子供に嚙んだものを与える本能がある。母性そのものだ。だがそれを素手で男子が受け取る行為。そこにはぞっとするようなエロチシズムがあった。
　当の委員長はともかく、成長の早い女児たちはそれを感じ取っていたにちがいない。その証拠に、誰ひとりも、それをはやしたてない。

「わたしも‥‥‥虫歯ないよ？」

　他の女児が言った。

「あたしも‥‥‥」

第10話　犬神（3）

　それにしても、歯の健康優良児が誰であったか覚えているとはたいしたものだ。
　毎年２回。歯の健康優良児が表彰されるが、１名とは限

らない。

　去年は‥‥‥。

　そうだ。
　千葉くんも歯の健康優良児だ。

　彼は「健康優良児」と「歯の健康優良児」の二冠を達成したので、私も覚えている。

　委員長は、このために千葉くんを仲間にひきいれた？

　しかし。
　千葉くんは、委員長と違って「窃盗」や「他宅侵入」などのできる子ではない。
　おおらかで、くったくはないが、善悪の区別はついているはず。
　と、すれば「他宅侵入」は委員長の単独犯ということ？

「ねぇ。委員長。その子たちはどこへつれていくの？」
「え？」

「犬神様のところ？」

いやな聞き方だった。
　私は、それをついさっき女児から聞いて知っていたにもかかわらず、わざとそういう言い方をした。

　なにを子供と張り合おうというのだろうか。

　私にもその間「反省の時間」が与えられた。

　もし仮に、彼が「他宅侵入」の真犯人であったとして、詰問(きつもん)するのが正しい指導なのだろうか？
　他に方法はないのか？
　生き物を守ろうとするやさしい心。
　それをヒールのかかとで踏みつけるのが、この子にとっていいことなのか？

「先生」
「なぁに？」

「犬神様知ってるんですか？」
「ええ。家庭訪問のとき、近所の農家の人に教えられたのよ？」

私は、彼と女児との間にひびが入らぬよう、気を遣った
つもりだった。

　が。

「うふ」
　私には、彼が一瞬ほくそ笑んだように見えた。

「なにかおかしいの？」
「いえ」
　ひょっとすると彼は、私が犬神様の秘密に気づく事を計
算に入れているのでは？

　まさか。

　そんな小学生がいるものか。

　その時。

「おーーい」
　教室の角のほうから声がして、ふりむくと

「あ。先生！」

そこに千葉くんが立っていた。

　そればかりか、
「おや。先生」
　そこにいたのは、千葉くんのお父様だった。

　この時、委員長は、
「うふふふ」
　今度は、間違いなく、勝ち誇った顔をした。

「いつも息子がお世話になりましてー」
「あ‥‥‥いえ。お父様‥‥‥どうなさったんですか？」

　私はあっけにとられた。
　いや。親が雨の日に子供を迎えに来るのはめずらしいことではない。だが、千葉くんの家は、本当に学校から目と鼻の先だ。

「いや。また捨て犬がいるってもんですからねー」
「ええ‥‥‥？　それでわざわざお父様が？」
「いやいや。雨の日だけです。お車でお出迎えとは、こりゃお犬様ですなー。わははは」

子供同様、豪快(ごうかい)に笑う。

「いやぁ。子供が捨てられた命救おうってんですから、親が手助けしないわけにいかんでしょう？」
「あ……。そうですわね………」

　私といえば、愛想笑いさえできない。
　まったくの想定外の出来事だった。

　その場にあって、委員長は、
「じゃぁ、明日までおねがいね。千葉くん」

　ソーセージをバトンのようにして渡した。
　それを背中を向き、リレーのようにおどけて受け取ってみせる千葉くん。
　２人ともまぎれもない小学生だ。

　が、子犬を受け取ったお父様が、驚くべきことを言った。
　いや。気にしなければなんということもない台詞なのだが。

「あれ。こいつは去年見たのとそっくりだな」

「たぶんおんなじ人が捨てたんだ」
　と、委員長。

「まぁなぁ。犬は毎年毎年産むからなぁ」

　去年も？

　驚きだったのは、この「斡旋」に大人もからんでいたこと。
　普通、小学校での「子犬、捨て犬」の騒ぎは、子供たちの間だけでの騒動でしかない。
　たとえば大人が出てきても一瞬のことなのに、千葉くんのお父様は「去年も」と言っている。

　この子は、すでに1年も前から、大人も巻き込んだシンジケートをつくりあげている？

　そう言えば……。

　なにかもうひとつ「去年から」というのがあった……。

　私は必死に思い出そうとした。

なにかあった……。

そうだ。

犬神様………。

「ふりむき地蔵」だ……。

・・・・・・・・・・・・・・・・・・・・・・・・・・・・
第11話　ゆびきり（1）

　しかし、千葉くんのお父様との約束にも、腑に落ちない
ところがある。

「ねぇ。明日までって……。明後日はどうなるの？」
　同じ疑問を持ったらしく、心配になった女児がたずねた。

「だって………」
　委員長は、シンジケートをつくりあげるコツをいとも
軽々しく話し始めた。

「何日もだったら預かってくれないでしょ？」
「あ‥‥‥」
　なるほど。

「１日だけ、って言えば置いてくれる家はけっこうあるの。その証拠に１日分の餌を渡すんだよ」

　確かに、何日になるかわからないものを預かる家は、よほどの犬好きでもいないだろう。だが、せいぜい１日くらいなら、他所の子が頼みに来れば、引き受ける家はある。
　千葉くんの家がいい証拠だ。

　彼はそれを何軒ものローテーションをつくって繰り返している、というのだ。

「ひきとりに行くとね。この子犬、今日からどうなる？って必ず聞いてくるから」

　子犬というのは、実に愛らしい。
　１日とはいえ、預かれば情もわく。預かった子犬が、次にどうなるかは、誰でも気になるところだ。

　そこで預かった多くの大人たちが「大人のネットワー

ク」を駆使して、飼う先を探してくれるのだという。

　見つかる時もあれば、見つからない時もある。
　しかし、何軒もの大人がかかわれば話は別だ。

　しかも。

「誰かんちで預かってくれてれば、授業中、心配しなくてもすむじゃない？」

　かわいそうだから、と、捨て犬に給食の残りをやる小学生とは、根本的発想が違う。
　いや。発想は同じだが、方法が違うのだ。

　しかも「虫歯がない」が条件らしい。
　いささかも抜け目がない。

「ねぇ。委員長」
　私がたずねた。

「なんですか？　先生」

「１日ごとって言っても、餌渡してたら、お金だってバカ

にならないでしょう？」
　魚肉のソーセージだって15円はする。
　それを犬の頭数ぶん、毎日、小学生のこづかいで負担できるものだろうか？

　これにはさすがに委員長も答えづらそうにした。

「えっとー。それは犬をもらった家からもらうの」
「え？　お金とるの？」
「だってタダだと、どうせタダだからってぞんざいに扱われると困るでしょ？」
「‥‥‥‥‥」

「100円でも払えば有料の犬だもん。大事にするでしょ？　タダと100円のちがいはおっきいんだ」

　確かに。その通りかもしれない。まさに一石二鳥。

「子供が行くと、たいてい300円くらいくれるよ。たまに500円とか」
「えーーー？　500円も？」
「あたしもついていこうかなー」
「うん。みっちゃんなら大歓迎だ！」

ミッちゃんは、ついさっき委員長の魔法にかかっている。目の前で、組織が大きくなった。

　あきれた………。

　いや。あきれたと言うよりは。

　これでは、どちらが教えられているかわからない。
　よく教師も生徒から教わるものがある、などと言うが、まさしくその通りだ。

・・・・・・・・・・・・・・・・・・・・・・・・・・・・・・
第12話　ゆびきり（2）

　調べると、「犬預かり」の組織は、私が想像するよりはるかに大きかった。
　クラスの男子はもとより、上級生のいじめっ子、はたまた児童のいない家にまで参加者がいた。

　田舎の子は都会の子供たちと違って「こづかい」に飢えている。定期的に支給されている子は、ほんのひとにぎり

だ。
　そこにふってわく「おこづかいがもらえる」話。

　５割、つまり半分が餌代として徴収（ちょうしゅう）されるが、臨時のこづかいは、子供たちにとってどれほど魅力的かわからない。
　実はしっかりした利害関係なのだ。

　どの子の家でも「１日預かり」の約束がなされていたが、「他宅侵入」について口にする子はいなかった。

　だが、この組織力が、私をなおのこと委員長を疑わせる結果となった。

　子供たちが結束して足跡をつけているのでは？

　最初の、最もたどりつきやすい推理だ。

　集団をまきこんでいるとなれば、さらに大問題だ。
　彼らは共犯者、ということになる。

　もう、これ以上、放ってはおけない。

「委員長」

「なんですか？　先生」
「先生も犬、１日預かろうかしら？」

　カマをかけた。
　自分の教え子に。
　私は瞬間的に、胸が痛くなった。

　が、委員長は、
「いいですよ。お願いします。先生なら大歓迎だ！」
　あっけなく笑う。

　意外だった。

「あら？　先生には虫歯あるか聞かないの？」
「ああ……そのこと……」

　実は「虫歯があるかどうか」は、意外な目的にも使われていたのだ。

「虫歯あるかどうかは……。家族まではわからないでしょ？」
　まったくその通りだ。
　そこがひとつの疑問でもあったのだが。

「そういう限定設けないと、人が人を呼んでたいへんなことになっちゃうから」
「人が人を呼ぶ？」

　つまりは。

　おこづかいが手に入るとなれば、たとえば上級生の中などでも簡単に組織が広がってしまう。あたりまえのことだ。
　そうなると「ルール」は次第になくなり、組織は思わぬ動きをする。
　その歯止めとなっているのが「虫歯」だったのだ。

　委員長に言わせると「虫歯のない子はある程度しっかりしている」のだそうだ。
　言われてみれば、いじめっ子の多くには虫歯がある。
　そこに組織が不規則に拡大しないためのくさびが打たれていた。
　自分が組織をコントロールし続けるためのくさび。

「でも委員長は虫歯あるよね？」
「あははは〜〜。言わないで〜〜〜」
「だめ。歯医者さん行ってらっしゃい！」

「はい……」

　私に素直に返事をした子と、組織をつくっているその子は、まるで別人にさえ思えた。

「じゃ、先生も今日から仲間よね？」
「うん。いいよ。じゃ、ゆびきり！」
「ゆ〜びき〜りげ〜んま〜ん♪　うそついたら　はりせんぼん　の〜ます」
「ゆ〜びきった！」

　無邪気だ。
　そのアンバランスさがこの年頃と言えばその通りなのだが。
　この子はあまりに極端だ。

「委員長の家でも預かるの？」
　これは当初からの疑問だった。
　確かに、多くの家がかかわったほうが「もらい手」は多くなる。
　だが、普通に考えて「子供の思いつく事」は、まず自分の家だろう。

「ううん。僕んちはダメなんだ」
「あら、ご家族が犬きらいなの？」
「そうじゃないの。僕んちはお稲荷さんいるから」

　お稲荷さん‥‥‥。

「どうして？」

「バカだなぁ。先生。キツネさんは犬が嫌いでしょ？」
「あ‥‥‥」
「昔っから、お稲荷さんのいる家は、犬飼えないんだよ？」

　それが確証となった。

　連続他宅侵入事件は、お稲荷さんのいる家だけが除かれている。

　まちがいない。この子が犯人‥‥‥。

　なんということ‥‥‥。

「ねぇ。委員長」

私が彼の両腕を押さえたので、彼は少しびくついた。

「先生、けして怒らないから、言いなさい」
「なにを……？　ですか？」

「先生、絶対怒らないから」
「だから、なにを？」

「時計泥棒ってあったでしょ？」
「…………」
「なにか知ってるわね？」

　彼はまたしても意外な態度をとった。

「先生。じゃ、もう一回ゆびきり」
「なんの？」
「誰にもしゃべらないっていうゆびきり」

　私は躊躇した。
　彼が真犯人と確信した今、それは学校はもとより、警察にも話さなくてはならない。
　教員としての義務だ。

「それは……約束できないわ」
「じゃ。教えらんない」
「そういう問題じゃないの！　もし悪いことしてたら……」

　彼がそれをさえぎった。

「悪いことしてないよ？」

　鉄棒のときも同じだ。
　彼には独自の正義感があって、それに従っている。

「悪いかどうかはあなたの決めることじゃないでしょ？」
「じゃ、誰が決めるの？」
「それは……」

　小学４年生に「社会」という制度をどう教えるべきか。
　私は悩んだ。
　そういう意味では、学校のカリキュラムである「社会」の、なんと脆弱なことか？

「人の家に無断で入ることは悪いことなの！」
　私は語気を強めた。

第13話　ゆびきり（3）

　本伝沢までの道のり、彼は一切、事件について話さなかった。
　私もあえてそれを詰問しないよう心がけた。
　言ったように、子供は傷つきやすく、しかもそれをひきずる期間が長い。

　森林が陽をさえぎりはじめ、木漏れ日の中を歩く。

　やがてその木漏れ日もあたらなくなると、ふりむき地蔵が見えてくる。

「先生は後からついてきてください」
「いいわよ」

　子供しか通れないような草木のトンネルをくぐり、300メートルほども川上に登ったところに

「な、なにこれ‥‥‥」

それはハックルベリーフィンさながらの小さな小屋。
住もうと思えば何日かは住めそうなほどだった。

ワンワンワン！

出迎えたのは‥‥‥紀州犬(きしゅうけん)だろうか？　大きな犬。
どうやら私は歓迎されていないようだ。

さらに私を歓迎しない者がいた。

「ありゃりゃ？　せ、先生‥‥‥」
「千葉くん‥‥‥‥？」

　やはり。

「えーーー！　先生に話したの？」
　千葉くんの質問に、委員長は、
「仲間になったんだよ」

　そう。私は結局、事件の真相を知るため、彼と「偽りの
ゆびきり」をした。
　そうしてでも、私には、真相を知る必要があった。
　この子の将来のために。

いや。すでにちがう。
　この子と千葉くんの将来のため。

「だいじょうぶ！　先生は嘘ついたことないもん」
　幼い言葉が、胸につきささる。

　見慣れぬ侵入者に吠え続けていた犬は、委員長のひと声で尻尾をふっておさまった。
　まるで飼い犬のように慣れている。

　見ると、片目がぐじゃぐじゃになっていて痛々しい。

「目。どうしたの？　この犬」

「もともとこの犬は、ガタイこそでっかいけど、やさしくってなつっこい犬だったんだ」
　委員長はそう切り出した。
「それをね。犬嫌いのおじいさんがいて、その人が杖で目をつっついたんだよ」
「そうなの……。かわいそうに……」
「犬は。ちょうど子犬がいたから。それ守ろうとして。おじいさんに嚙みついたらしいんだ」

一度農夫から聞いた野犬の話だ。
　そうだったのか。

「メスなの？」
　2人はそろって首をたてにふったが、
「でも子犬は、こいつの子じゃなかった」
「え？」
「拾ってくるんだ。犬が」
「え？　そんなことってあるの？」
「あるよ。猫も拾ってきたことがある」

「やさしいんだ。こいつ」
「ね」
「ねー」

「なのに‥‥‥」

　大人はそれを「嫌いだ」という理由で目をつぶした。
　子供はそれを生かそうとした。
　正義とはなにか。私はまたそこにつきあたる。

　千葉くん。
「こいつは老犬で、もう乳とか出ないみたいなんだよね」

「ね」

「拾ってくるけど、お乳でないから、弱ってく子犬を悲しそうに舐めてるだけ」

「それで……君たちが育てることにしたの？」
　また２人そろってコクンと首を縦にふる。

「ずっと？」
「ずっと」
「子犬、おっきくなるでしょ？」
「うん……」

　私は、ここで、あえて話題を変えた。
　そこから話が「シンジケート」に結びつくことがわかっていたから。

「それにしても。ずいぶんと立派な小屋をつくったものね？」
　とても小学生の技とは思えない。
　今度は首を横にふる２人。

「この小屋はもともと、昔、川魚をとる人がつくったんだ。

でも、またここに来られると困るから」

「それでお地蔵さんをふりむかせたの?」

　私の質問に、委員長は、一瞬青ざめた。

第14話　木漏れ日（1）

「ち、ちがいますよ!」
「どうちがうの?」

　が。彼は観念したかのように、
「お地蔵さんをふりむかせたのは……。子犬がいる間、またおじいさんが……」
「来るかと思ったの?」

　コクンとうなずく。

「だって必ず見つけて殺してやるって……」
「すっげー怒り方だった。ちょっとおかしいよ。あのじいさん。ね」

「ね」

「そう……」

　確かに。小学生に聞かせる台詞ではない。

　千葉くんが補足する。
「目ね。なかなか治んなかったの。ジャック」
「ああ、ジャックって、この犬？」
「そう。片目のジャック。それで赤チン塗ったんだ」

　子供たちにとって「赤チン」は、怪我の万能薬だ。私は、虫歯の菌まで頭をまわす子が、これだけの重傷に「赤チン」を持ち出したことがこっけいに思えた。
　が、端的に犬をみてくれる病院など、1軒としてない田舎町。やむをえないのだろう。

「痛がってかわいそうだった」
「ねー」
「ね」

「千葉くん、少し噛まれたもんね」
「ね」

「ジャックに？」
「うん。目だからね。怖かったんだと思う」
　そういうと、左腕に残っている傷跡を「名誉の負傷」とでも言いたげに、見せつけた。

「そう‥‥‥痛かったでしょ？」
「だいじょぶ。犬ってね。飼われてると、それなりに加減するから」
「ほんとにかしこいのね」
「うん。ジャック、かしこいよ。先生にもあと吠えないでしょ？」

　まったく言う通りだ。
　最初の歓迎から、あとは一度も吠えていない。
　この犬は、かしこく、そして強い。
　もっとも、野犬は、そうでなければ生き残れないだろう。

「それでね。赤チンの跡で思いついて」
「お地蔵さんをふりむかせる方法を？」
「ちがうよ。犬の模様を変えること」
「あ‥‥‥。ひょっとしてブチ犬に？」

「え？　先生、どうして知ってるの？」
「どうして？」

「うふふ。そりゃぁあなたたちの先生だもの」
　実は、農夫の受け売りなわけだが。
　そうだったのか。
　2匹と言われていた野犬は、実は1匹だったのだ。白い犬を、この子たちがブチ模様に変えていただけ。

　が。それでは連れてきた子犬までは守れない。
　模様が違うからといって「犬嫌い」の老人からは逃れられない。

　次に目をやられれば両目‥‥‥。

「そして犬神様の祟りの話を流行らせたのね？」
「あれは‥‥‥」
「いいのよ」

　ともかく。
　我が教え子は、犬への執念を燃やすおじいさんから、やさしい犬と、その犬の連れてきた子犬を必死に守ろうとした。

ここまでは褒めてやらねばなるまい。
　少なくとも、その老人よりは、ずっと人間らしい心を持っているのだから。

「けれど‥‥‥」
「なんですか？」
「お地蔵さんはどうやってふりむいたのかしら？　先生、見てみたけど、赤いヨダレかけ以外は動かなかったわ」

「それはですねー」

　委員長はこの日初めていたずらっ子の顔にもどった。

第15話　木漏れ日（2）

　シャッ！　シャッ！　シャッ！

　放課後の理科室。
　委員長と千葉くんが手際良く暗幕を閉める。

　昨日。

私は、本伝沢で、ふりむき地蔵の「種明かし」を見せてもらった。
　にもかかわらず、皆目(かいもく)わからなかったのだ。
　４年生の出した「なぞなぞ」が、だ。

　廊下からは絶え間なく他の児童たちの声が聞こえる。どうやらなにか楽しいスライドでも始まると思っているらしい。
　小学生などというのは、そんなものなのに。

　まったくわからなかった。

「これくらいでいいかなぁ」
　と、千葉くん。

「うん。あんまり暗いと見えないから」

　千葉くんは段ボールを１枚持ってきていた。
　いったいなにを見せようというのだろうか？

「じゃ。先生、もう１回言いますね？」
「はいはい」

私も子供の考えたレクリエーションでもするかのようにして、椅子に座っている。

「お地蔵さんは石です」
「はい」
　普段の生徒のような答え方でおどけてみせる。

「全部同じ石なのに顔がわかるのはなぜでしょーーーか？」
　第１問。
　これは昨日も同じ問題を出した。

「凹凸があるからだわ」
「ちがいます！」
　と、千葉くん。

「ちがわないよ。バカだなぁ」
　と、委員長。
　打ち合わせが不十分なのも子供っぽい。

「先生。それは影と光があるからです。つまり明暗だけで見分けてるんです」
「同じことだと思います」

と、私。

「それがちがうんです」
「どうして？」
「凹凸がなくても、同じ色のところに顔はつくれるんです」

　あ‥‥‥‥。

「そうか‥‥‥影絵？」
「ブーーーー！」
　またもはずれた。
　もっとも、ここまでは昨日と同じだ。

　確かに影絵の原理で顔はつくれるかもしれないが、太陽が動けば、その顔はおのずと崩れる。
　光の移動と同時にずれていくはずだ。

　それに影絵には「光部分」がない。
　影は影だ。見分けはつくはず。
　が、ふりむき地蔵は、着実に「顔」だった。
　私の脳裏には、いまだにあの顔が残っている。

笑っているような。
泣いているような。

　昨日、委員長が見せた「お地蔵さんのふりむく仕掛け」。
　それは農家が鳥をつかまえるために張られた、いわゆる「防鳥ネット」、通称「かすみ網」だった。
　雀やモズから、作物を守るためのもので、田舎ならどこの田畑でも見ることができる。

　それも本伝沢を抜けた所にあった。
　そもそも、それは委員長が仕掛けたものではない。近所の農家が、仕事上で張ったものだ。

「これが‥‥‥なんなの？」
「明日、教えます。先生」
「先生、今日知りたいんだけどな？」
「無理です」

　そう言って出した問題が「なぜ石だけなのに顔がわかるか」だった。

　影絵ではできない。
　光と影？

第16話　木漏れ日（3）

　暗室となった理科室。
　委員長と千葉くんは、時おり激しく言い合いしながら、右往左往(うおうさおう)している。

「千葉くん。もっと窓によって！」
「こうか？」
「もうちょっと後ろ！」
　委員長は、画板を持ってやはり動きまわるが、どうやらうまくいかないらしい。

　すっかり手持ち無沙汰(ぶさた)になった私は、委員長に聞いてみた。
「委員長。それって蝉(せみ)の抜(ぬ)け殻(がら)から思いついたって言ったわよね？」
「はい」

　答えながらまだ動き回る委員長。
「あ、千葉くん止まって！」

「蝉の抜け殻でどうして？」
「えっとですねー。ある日、お地蔵さんの頭が茶色くなったことがあって」
「お地蔵さんの頭が？」
「ほら。蝉の抜け殻って、半透明じゃないですか」
「ええ」
「調べたら、蜘蛛の巣にひっかかってたんです」
「蝉の抜け殻が？」
「はい。それって普段は空しか見えないとこなわけなんですが……」
「？」

「でもねー」
「蜘蛛の巣だから映ったんだよねー」
「ね！」

「？」

　が、この時。

「あ！　先生！　ほら！　見て！」
　千葉くんが大声で叫んだ。

「ほらほら！　早く早く！」

「消えちゃうから早く！」

　委員長の持つ画板には、小さくグランドで遊ぶ子供が映っている。

「これって‥‥‥‥‥」

「うん、カメラなの」
「なんで‥‥‥こんなこと‥‥‥知ってるの？」
「え？　兄ちゃんの『5年の科学』についてきましたよ？」

　それはピンホールカメラの原理だった。
　ピンホール映写機と言うべきか。

　明るさの格差が激しく、光の条件が整うと、明るい外の景色が暗い部屋の中に、さかさまになって投影される。
　障子窓が常識だった頃は、穴があいた障子から、よく外の景色が逆さまに投影されるのを見ることができた。

　本伝沢は太陽光さえ当たらない暗い森林だが、樹木の間

から外の光が漏れてくる。
　比較して空はいちじるしく明るい。
　普段空にはなにもないので、投影されるものがない。
　が、蜘蛛がそこに巣をつくり、蝉の抜け殻がひっかかってそれが投影された。

「じゃぁ‥‥‥その蜘蛛の巣の代わりが‥‥‥」
「そうそう。カスミ網です」

「だってピンホールカメラって‥‥‥」

「はい。ものすごくちっちゃく映るから‥‥‥‥」
「実はお地蔵さんの顔、ものすごくでっかいんだよね」
「ね！」

　実は防鳥ネット、全体が、お地蔵さんの顔だった。

　大きすぎて誰も気づかなかったのだ。

　彼は防鳥ネットに、上下さかさまの巨大な目鼻を作っていた。
　それを木漏れ日まで調整して作ったというのか？
　いや。そうなのだろう。現に、今、グランドを映し出し

て見せているではないか。

　農家は防鳥ネットの管理は、やぶれるか鳥がひっかからないとやらない。
　このために、委員長たちは、いちいち捕まった鳥も放していたというから、ひたすら感心する以外にない。

「でもいたずらはいたずらよね」
「は〜い。すいません〜」
　千葉くんともども、おなじみの「反省の色なし」。

「でもジャックが次から次に子犬拾ってくるんだ」
「うーん」
　私は腕をかかえた。

「それをいちいち斡旋してたわけ？」
「そうですよ？　本物の母犬もそうだけど、1匹ずつ減ってくのには気づかないんです」
「よく犬のこと調べてるわね」
「ジョーシキです、ジョーシキ」

　ふりむき地蔵の仕掛けを、私が見破ることができなかったことから、委員長は鼻高々だ。悪く言えば「いい気」に

なっているのが見てとれた。

　しかし、いくらなんでも、そんなに「犬」のもらい手があるわけがない。

　そこで考えついたのが、おそらく「番犬」の必要性を上げること。
　彼にすれば、実に都合よく「時計泥棒」事件が勃発(ぼっぱつ)していた。
　そこにこの子たちが便乗したのは間違いなかった。

【解説】
※外が明るいと、外の景色が稀(まれ)に暗所に映ることがある。これがピンホールカメラの原理で、曇りであっても起きるが、条件が整うことが少なく、太陽光では角度が変わると消えてしまう。
　このため、条件の整う一定時間しか見ることができない。

第17話　猜疑（1）

　そう。問題はふりむくお地蔵様よりずっと深刻だった。

「ねぇ。時計泥棒の‥‥‥その‥‥‥連続事件はどうやったの？」
「だからそんなことやってません！　先生」

「先生、仲間になったでしょ？　教えて」
「あ。そうだ。指切りしたんだっけ」
「でしょ？」
「うん‥‥‥」

　委員長は、最初の時計事件からきれいに順序立てて話し出した。

「え？　時計を盗まれたのって千葉くんのおばあちゃんの家なの？」
「うん。そう」
　と、千葉くん。

「それで28センチの靴ってわかったんだよね！」
「うん。警察の人が言ってたもん」
「ね」

「立ち会った‥‥‥の？」

「だってねー」
「先生。このへんで泥棒起こると、まず家族か親族が疑われるんですよ」

　その通りだ。別に田舎に限ったことではない。盗難事件の場合、警察はまず身内から調べる。
　それは子供でも例外ではない。いや。今回の場合「時計」ということもあって、子供が最初に疑われた可能性も十分にありえる。

「そう……千葉くんのおばあちゃんちだったの……」

　そう言えば、犯罪の矮小{わいしょう}さと比べて、騒ぎが大きかったのも不自然だった。
　どうして今まで疑問を持たなかったのだろう？

「それでー」
「それで？」

「あの小屋に、魚獲{と}りの人がゴム長置いてたの」
「ああ、魚獲り用のゴム長靴？」

「うん。それが28センチだったんだよねー」
「ねー」

「やっぱりあなたたちが足跡つけたんじゃないの！」
「え？　ちがうって言ってるでしょ？　先生」

「じゃ、誰か他のおともだちにやらせたの？」
「そんなことしませんよ」

　委員長はちょっとふくれてみせた。
　では、いったい誰がやったと言うのか？

　この後、この少年はとんでもない白状をする。

「まず、犯人は28センチの大グツを履いてるって噂を広めました」
「噂を？　広めた？　そんなことできるの？」

「先生。大人とちがって、僕たちは毎日、学校っていう１ヵ所に集まってんですよ？」
「あ‥‥‥‥」

　これもまったくもって、その通りだった。

耳から耳をたどっていく「大人の噂」より、集合体である学校は、噂の巣とも言うべき場所‥‥。
　そこから「時計泥棒」は、時ならぬ有名人となったわけだ。

「ものすごく簡単です」
　言い切った。

第18話　猜疑（2）

　つまり。彼は最初に「情報のコントロール」をした。

「それで？　思惑通りに噂は広まったわけね？」
「うん……。でも、犬飼いたいって家は、それでもあんまり増えなくって……」

「それで人のお家に入ったの？」

「だからぁ」
「やってませんってば」
　今度はニコニコと笑う。いや、ニヤニヤと言ったほうが

近い。

「じゃ、先生。なぞなぞです」
「また、なぞなぞ？」

「はい。となりあった６軒の家があります」
「はい」

「１番目から５番目の家に泥棒が入りました。犯人はどこの家でしょう？」
「６番目の家でしょうね」

「あたりーーーーー！」
「よくできましたーーー！」

「？」

「僕たちは、となり組単位で、まわりを歩いただけです」
「となり組‥‥‥」

「28センチの靴で歩いただけ。ね」
「ね」
「うん。けど１軒だけは残すの」

「どういうこと‥‥‥‥‥？」

「となり組って、戦争中の配給の単位だったけど、戦争反対者をチクリ合うために組織されたんだって」

「‥‥‥‥それ‥‥で？」

「だから。信じ合ってるみたいで信じ合ってない」
「‥‥‥‥‥‥」

「僕たちは、そのあたりを、雨の日に歩き回るだけです。家どころか庭にも入りませ〜ん」

「‥‥‥‥１軒だけ残して？」

「そうです。そうするとその家が勝手に家の中に足跡つけるの」

「なんで‥‥‥‥中に？」

「ひとつは次の日が晴れそうな日を狙うんですが」

なるほど……。
　それならその家が気づいた時には、すでに足跡をつけられない。

「でも……28センチの靴なんて普通の家にはないでしょ？」
　わざわざ、そのためだけに大型の靴を買うというのも考えにくい。

「それがあるんですよー。農家には」
「どういうこと？」

「田植え靴です」

　田植え用の靴……。

「はい。あれは3サイズしかないんですよ。SMLだけ。Mが28センチです」

　なんという……。

「けど田植え靴には欠点があります。親指部分が割れてるの」

田植え靴は地下足袋と同じで、親指部分が割れている。
それは泥の中で動きがとりやすいように、なのだが。

「それで外に足跡つけても他のとちがうってのはすぐにわかっちゃうから」
「警察来ればわかっちゃうもんね」
「ね」

「それも‥‥‥噂にしたの？」

「はい」

　この子は、まさに神童の血筋だったのだ。
　しかも、方向性を完全に間違えている。方向性を誤った知能は「凶器」に近いことを、私は、こんな幼子に見ている。

「みんなうまくいくわけじゃなかったけど‥‥‥」
「成功率は半分くらいだよね」
「ね」

「でも、警察が来る前に、みんなおもしろいようにやった

よね」
「ね」

　それはそうかもしれない。
　そうしなければ、翌日からは、近所中から疑いの目で見られるわけなのだから。
　まして子供がいれば、そこの子供は「泥棒の子」よばわりもされかねない。

　つまり。

　連続他宅侵入事件とは。

　各家の「狂言」の連続事件であったのだ。

　それを……小学４年生の子供がシナリオを書いて、実際に仕掛けた。
　大多数の大人が、まんまとそれに踊らされた。

第19話　定義（1）

　私は、腕がわなわなと震えた。

　そして‥‥‥‥。

「ばかっ！」

　私は。思わず委員長を殴(なぐ)っていた。
　それは彼が椅子から転げ落ちるほどの勢いだった。

「あなたのやった事はねー、あなたのやった事は‥‥‥泥棒なんかよりずっとずっと悪いわ！」

「‥‥‥‥？」

「あなたは人間として最低のことをした、って言ってるの！」
「‥‥‥‥」

　私はまだ怒りがおさまらない。

「仕掛けられた家の人の気持ちは考えた？　どんな気持ちで足跡つけたんだと思うの？」
「・・・・・・・・・・」

「足跡をつけた家はまだいいわ。つけなかった家のご近所の関係はどうなったと思うの？」
「・・・・・・・・・・・・・・」

「仕掛けられた相手が笑えないようなものは、いたずらではありません！」

　私は、彼を殴った手のひらの、じんじんとした余韻を感じながら、この子の母親が、家庭訪問の際に言ったことを思い出していた。

〝先生は、子供を叩いたことがおありですか？〟
〝いえ・・・・・・一度も〟
〝先生。親や教師が子供を殴る時、その子のことを考えて、などというのは嘘です〟
〝そうおっしゃいますと？〟
〝子供を殴る時は、やっぱりただ頭にきてるってことですよ〟

〝それは‥‥‥まぁ。そうかもしれませんね〟

〝でもね。先生。それでもいいんですよ。子供は、そこから、なにをすると相手が「殴るほどに怒る」か学びますから〟
〝‥‥‥‥〟
〝子供にとっては、不条理なこともあるかもしれません。でも、それはそれで、なにが痛みとなって返ってくるか。いずれ知らなくてはなりませんから〟
〝そうですね‥‥‥〟
〝それが『教育』であったかどうかは、子供が理解したかどうかではなく、むしろ、大人が理解してやったかで決まるんですよ〟

「ね、委員長‥‥‥？」

第20話　定義（2）

委員長。そう呼んだほうが、いいですね。

実は、先生が生徒を殴ったのは、委員長が最初で、そして最後でした。
　あれから、手のひらの痛みが、ずっと私を苦しめました。
　教える人間にとっては、殴る痛みと同じか、それ以上の痛みがあることを、先生は貴方から教わりました。
　委員長たちが、先生の言いたかったこと、理解してくれたのがせめてもの救いです。

　あれから、一緒に子犬をもらう家をまわって。ずいぶんと苦労しましたよね。
　今だから言えるけど、ほんとはね。
　１軒断られるたびに、先生も「どこかで盗難事件でも起きればな」って。思ったりしたんですよ。

　けれどそれは、貴方との、指切りでしたから。
　貴方が約束を守ったように、先生も守りました。
「仲間」ですもんね！

　そうそう。片目のジャックは、長生きで、まだ先生のところで元気にしてます。
　だいぶ年をとりましたが、一度会いに来られれば、ジャックもよろこぶことでしょう。

末筆ながら、貴方のますますの活躍、楽しみにしております。
　お身体に気をつけて。

第21話　追伸（1）

　翌年、私は主任職となり、担任する学級を持たなくなった。

　委員長のいる5年2組は、その年赴任してきた若い女性教師が担任することになった。
　若いだけあって、やる気まんまんだ。

「あ、先生。5年2組、担任なさるんですよね？」
「はい。そうですが……なにか？」
「あそこには、手に負えないいたずらをする子がいるので。ちょっとご忠告をと思って」

　すると新任の先生は、自信たっぷりに、
「あはははは。大丈夫です、先生。前の学校では、引き出しに蛇やらムカデまで入れる子までいましたが、けちらして

やりました!」

「そうですか……。でも、そういうのとは違うんですよ」
「あはは。どんなのが来たって小学生は小学生ですもの。ご心配にはおよびません!　来るなら来いですよ!　あははは」

　先生は、意気揚々と、5年2組の教室に入っていった。

ほどなくして。

キャーーーーーーーーーーーーーーーー!

人の忠告は、素直に聞いておくものだ。

第22話　追伸(2)

　追伸。

　先生ね。

貴方を受け持って、学校の科目に「いたずら」がなかったのが残念でなりません。

　だから貴方には特別に、追加で通信簿、さしあげますね。

｜いたずら｜5｜たいへんよくできました｜◎｜

特別編ショート
夏いちりん

1.

夏休みなんてきらい。
だいっきらい。
どうしてって。

1ヵ月も、君に会えないから。

目の前の電話。
ダイヤルする勇気なんかないくせに
ずっとにらめっこしてる。

今日は、受話器をとるとこまではできたよ。

でも、ダイヤルはまわせない。

明日は最初の番号だけでもまわして‥‥‥。
1日ひと桁。
6日たてば君の番号になるはず。

それが、

夏休みの目標。

なんてね……。

・・・・・・・・・・・・・・・・・・・・・・・・・・・・・・・・・・・・
2.

「和美、午後になったらサエちゃんのこと、お祭りにつれてってあげて」
　お母さんが言った。

「はーい」

　従姉妹(いとこ)の紗英(さえ)ちゃんは、5歳。
　夏休みで、遊びに来ている。

　わたしは、サエちゃんを自転車の後ろに乗せて
　坂道を上った。

　そこはお祭りの場所へは遠回りだったけれど
　君が好きって言った道だったから。

「僕ねー。この道が好きなんだ」
わたしに言った言葉じゃない。
課外活動で外を歩いていたとき、
誰かに話してた。
ポプラ並木のある細い道。

好きな道があるなんて、へんな中学生。

でも。
君が好きって言ったから、
わたしもこの道が好き。

道だけじゃなくって、
君が好きなものは、みんな好き。
君が好きな「女の子」を除(のぞ)いて。
みんな。

3.

「あれ？　和美ちゃん？」

あ‥‥‥。

わたしね。
心臓、止まるかと
ほんとにそう思ったの。

だって、ダイヤルもまだ2桁目だったのに。

君がそこにいたから。

「和美ちゃん。どっか行くの？」

「えっと‥‥‥。お祭りに‥‥‥」

「ふうん。遠回りじゃない？」

わたし、
どう答えていいかわからなかった。
だってね。
だって、この道を選んだ理由が
君だったんだもん。

「かわいいなぁ。妹さん？」

「ううん‥‥‥。従姉妹」
「ああ、そうだよねー」

　夏の光に笑う。君がまぶしい。

　浴衣姿のサエちゃんが、
「こんにちは！」
　わたしなんかよりずっと愛らしく挨拶した。

　かわいいでしょ？
　わたしなんかよりずっと‥‥‥。

　こんなことなら、
　わたしも浴衣着てくるんだったな‥‥‥。

•••••••••••••••••••••••••••••••••••••••
4.

「そっかぁ。お祭りつれてってもらうんだね？」
「うん！」
「あはは。お姉ちゃんに、いっぱい買ってもらうといいよ」

君は誰とでも同じように話せるんだよね。
いつも、いつも。
誰にでもやさしくって。
子供にも。
きっとわたしにも同じなの。

わたしね。
君が子供好きだって知ってた。

だからね。

ほんとは。

ひょっとしたら会えるかもって。

その時、自転車に従姉妹を乗せてたらって。
ずるいこと考えてた。

だって、いい子に見えるでしょ？
従姉妹と遊んであげるいいお姉ちゃんに見えるでしょ？

でも。ほんとに会えるなんて思ってなかったから。

どうしよう？
わたし。なんの準備もできてない。

・・・・・・・・・・・・・・・・・・・・・・・・・・・・・・・・
5.

さっき坂道のぼったから、
汗の匂いしないかな？
足に蚊にくわれた跡。見られちゃった？
サンダル、ペパーミントのほうがかわいかった？

いろんなことが頭をまわって
ろくに話もできないなんて。

ダメだなぁ。
わたしって。

けれど君が、
「僕もお祭り行こうかなぁ？」

え？

「今から井上んち行くつもりだったんだけどね」
「井上くんち？」
「うん。でも、せっかくのお祭りだもんねー」
　そう言ってから、
「名前なんて言ったっけ？　その子」
「サエちゃん……」

　こういう時は、
　本人に言わせるものだよね。
　気のきく女の子なら。
　どうしてわたしが答えちゃったんだろ？

• •

6.

「じゃ、サエちゃん。僕の自転車に乗りなよ」
「え？　別にいいよ」
「いいからいいから」

　そう言って、
　君はサエちゃんを抱きあげた。

わたしったら、
サエちゃんがうらやましかった。

小さいからね。
あんなになんにもなく、君の腕の中で笑ってる。

君の腕の中で。

「あの‥‥‥ありがと」
「え？　いいよ。さ、行くぞー、サエちゃん」
「は〜〜〜〜い」

ねぇ。教えて？
どうしてそんなことができるの？
わたしだから、してくれたの？

ううん。きっと君は、
誰だったとしても、同じだよね。

でも今日だけ、
わたしだからって。言って？

7.

前を走る君の自転車から、
サエちゃんのはしゃぐ声と、
君の笑う声が、風にのってやってくる。

なにを話してるの?
なにを笑ってるの?

「ねーー、井上もさそうおうか?」
わたしにかけた言葉は
クラスメートとしての言葉。

「あ、でもサエちゃんいるからダメかーーー」

サエちゃん、いなくってもダメだよ(笑)。

でもちょっぴり安心した。

だってね。
井上くんには可愛い妹いるんだもの。

彼は妹思いだから、
きっと連れてくるに決まってるもの。
比べられたくないの。

坂道を下る君の自転車。
君の後ろ姿も好き。
だってね。ずっと見てられるでしょ？　後ろ姿なら。

席替えで、君がわたしより前になると、うれしかった。
ずっと見てられるから。
隣でなくっても。
同じ班でなくっても。

うれしかった。

・・・
8.

キキ……。

ブレーキの音が蝉の声を裂(さ)いて、
君の自転車がカーブを曲がる。

同じラインをたどるわたし。
ちょっとすると一時停止があって
並んで止まった。

「お尻、痛くなぁい？」
　サエちゃんに気遣ったふりをして、
　君のすぐそばに並んだ。

「だいじょぶー」
　答えたサエちゃんの声より、
　自分の鼓動の方が大きい。

　わたし。こんなにドキドキしてる。
　それは君に聞こえてるんじゃないかと思うほど。
　聞こえるはず……ないよね？

　わたしはハンカチを出して、サエちゃんの顔をふいた。
　ううん。ホントは汗なんか出てなかったかもしれないけど。
　やさしい女の子に見られたかったの。

　ハンカチを持ち歩いてるって、
　女の子らしいでしょ？

そう見てほしかったの‥‥‥。

君に。

● ●
9.

「‥‥‥‥いいよねぇ?」
「え?」

　ごめんなさい。
　聞いてなかった。
　君の横顔見てるのにせいいっぱいで。

　ちがう‥‥‥。
　見とれてて‥‥‥。

　こんな近くで、君の横顔見ることってなかったんだもの。

「だからぁ。遠回りだけど、車通らない道のほうがいいよね?」
　なのに、そう言っていきなりふりむいたから、

「あ……。うん。そうだね」

わたしの小さな心臓。
また止まるかと思った。
君は心臓によくないよ。

そんなに、いじめないで‥‥。

でも‥‥。

もう一度。

こっちを向いて‥‥。

・・・・・・・・・・・・・・・・・・・・・・・・・・・・・・・・・・
10.

裏通りに入って
小さな橋を渡ると
祭り囃子(ばやし)がすぐそこ。
お祭り帰りの子供たちをよけながら走る細い路地。
舗装(ほそう)がなくなって。

竹林のトンネル。
こんな道、ちっとも知らなかった。
「そりゃそうだよー。秘密の抜け道だもん」

やっぱり男の子なんだね。
わたしの知らないこと、
いっぱいいっぱい知ってる。

つくり酒屋の裏側で、
「このへんに自転車停めてったほうがいいね」
「うん」
自転車を並べて停めた。

ふりかえると。

見て見て。
君の自転車と
わたしの自転車。
恋人みたいによりそってるよ。

私の自転車のハンドルが少し曲がって
仲良くお話してるみたいだよ。

ねぇ……。
見て……。

・・・・・・・・・・・・・・・・・・・・・・・・・・・・・・・・・・

11.

君は知らないの。
君がちょっと動くと
胸が痛いの。

君がちょっと笑うと
もっと痛いの。

なのに、

わたしが砂利道(じゃりみち)に足をとられたとき、
「あぶない!」
　半袖のわたしの二の腕を
　君の手がギュッって。
　君の中指が、確かに、わたしの胸の横にあって。

「このあたり、デコボコしてるから気をつけて」

「うん……」

そんなことされたら

わたし。壊れちゃうよ……。

ほんとに、壊れちゃうよ。

●●●
12.

その時からね。
わたし、
自分でわかるほどに変わったことが
ひとつある。

お祭りの参道に出るところで、
君がサエちゃんと手つないでくれたでしょ？

そしたら、
わたし、
嫉妬(しっと)したの。

サエちゃん、まだ5つなのに。
嫉妬したの。
君と手をつないだから。
5つでも、
サエちゃん「女の子」だから。

嫉妬したの……。

サエちゃん。
兵児帯(へこおび)がかわいい。

あんまりかわいくって、
「あれ、わたしが結んであげたんだよ？」

バカだ。
わたし。
自分がキライ。

・・・・・・・・・・・・・・・・・・・・・・・・・・・・・・・・・

13.

雑踏(ざっとう)へと入っていくと

君はふりむき、ふりむき、
わたしのことを待っている。

ごめんね。
わたし……。わざと遅れてるの……。
お祭りには、学校の子もいっぱいだし
学校始まったら、ひやかされちゃうでしょ？

ううん。ちがう。
君にかまわれたくて……。
君にふりむいてほしくって。
遅れてるんだ。わたし。

君はあいかわらず、サエちゃんの面倒をみてて
まるで本物の従姉妹みたい。

あ。水ヨーヨー。

「お金、出しちゃったの？」
「あ？　うん。お金払わないと泥棒だから」
「ごめんなさい。いくらだった？」
　わたしは小さな小銭入れから、10円玉3つ。

「別にいいよ」
　そういうわけにいかないよ。
　そう言って、ひとつずつ。
　わざと10円ずつ、3回。
　君の手のひらに置いた。

・・・・・・・・・・・・・・・・・・・・・・・・・・・・・・・・・・・・・・
14.

　ちょうど3枚目を置いた時だった。
　向かい側から、
「あ‥‥‥‥」
　悟(さとる)くんだ‥‥‥。
　わたしが、小学校から中学1年まで、ずっと好きだった男の子。

　彼が教室で、わたしの手紙を、大声で読み上げたのを
　君が守ってくれて‥‥‥それから。
　その夜にはもう
　君が好きになってた。

　君のおかげで。

わたしの胸、張り裂けなくて済んだの。

悟くんは、へんに不良ぶったスタイルで、
３年の女子の先輩と一緒。
つきあってるのかな？
歩調を合わせて。

昔だったらきっと、
胸がちぎれるほど痛んだと思う。
でも。今はなんともないって、
不思議だね。
気持ちって。
ほんとに、不思議なほどおだやか。

逆に、今好きなのが。
君なんだって。
思い知らされてる。

・・・・・・・・・・・・・・・・・・・・・・・・・・・・・・・・・

15.

でも、隣の先輩。

鳴海絞りに、お化粧までして、とってもきれい。
　くやしいけど。学校帰りみたいなわたしとは、比べものにもならない。

　悟くんも、わたしと君に気づいたみたいで、
　挨拶をするでもなく、へんなふうにニヤついた。

　あんなやなヤツ……だったっけ？
　悟くんって……。
　あんなヤツが好きなんだっけ？　わたしって。

　でも。君が突然、
「和美ちゃん」
　わたしの手をとって、
「行こ」

　ウソ………。

　人目も気にせずに引き寄せた。

　知ってる。
　君って負けず嫌いだから。
　君ってやさしいから。

またわたしが惨めにならないようにって。
そうしたんでしょ？
わかってるの。

でもね。
３年の先輩が、わたしと目を合わせたときね。
ちょっぴり
へへ〜ん、って。

だって。
わたしの「彼」のほうがずっとカッコイイもん。
それにね。
ずっとずっとやさしいよ。

先輩にあげます。そんな男。

16.

グイグイ。
グイグイ。
君はわたしの手を引いて

わたしの手にサエちゃん。
そんなに強く握らなくってもだいじょぶだよ。
ちゃんとついていくよ‥‥‥。

　人通りの中には学校の子もいっぱい。
なのに君はぜんぜんかまわず
グイグイ。
グイグイ。

「あれぇ？　和美かぁ？」

　あ。久保くんたちだ‥‥‥。
「おテテつないでおデートぉ？　熱いね～」
　ほらネ‥‥‥冷やかされた‥‥‥。

　なのに君ったら、
「あ？　久保かぁ。なんだったらお前とつないでやってもいいんだぜ？」
「なんだってぇえ？」
　なんなくかわして。
　ぜんぜん苦にしない。

「迷子になんなよな。久保～」

「ぬかせっ！」
「誰か久保と手ぇつないでやれよー」

　いっしょの不良グループも笑う。
　泣く子も黙る久保くんも、君はちょっと苦手みたい。

17.

　悟くんから見えなくなったところで
　君は止まって、手を離した。

「ごめんよ」

　あやまらないで。
　わたし。うれしかったんだから。
　あやまらないで。
　あやまられたら、
　そこでガラスの靴が脱げちゃうから。

　あやまらないで‥‥‥。

けれど。
「気にすんなよな。和美」
　初めて君が
　わたしを呼び捨てにした。
　それは久保くんにつられてだったかもしれないけど。

わたしね。
うれしかったの。
ずっとそう呼ばれたかったの。

君から。

●●●●●●●●●●●●●●●●●●●●●●●●●●●●●●●●●●●●●●●
18.

「あのネ」
　と、サエちゃん。
　君を見上げて言った。

「次はチューするの？」
「え？」
「手ーつないでたでしょ？」

「あ？　うん」
「次はチューするんでしょ？」

　わたしもビックリしたけど
　サエちゃんは、いたって真面目な質問みたい。

「えっとーーー」
　不良も軽くあしらう君が
　ちょっとおマセの５歳児相手にたじたじしてる。
　わたし、それがおかしくって
　顔。ゆるんでたかも。

「チューしないの？」
　けれど。

「カズミおねえちゃん！」
「なぁに？」

「このおにいちゃんとケッコンするの？」

19.

わたし、
恥ずかしいのか、
うれしいのか、
自分の気持ちもわからなくって。

そしたら。
　サエちゃんは、わたしの答えを待たず、とっとことっとこ路地の端へと歩き出して。

「サエちゃん、どこ行くの？」
　神社の花壇(かだん)から、
　一輪のキキョウ。
「ぬ、抜いてきちゃったの？」
　サエちゃんにはそんな罪の意識はまったくなくって。
「ハナヨメさんがもつんだよ？」
　どうやらケッコンシキゴッコをしたいらしい。

　ちょうどそこに宮司(ぐうじ)さんがやって来たものだから、
　君が、

「まずい!　逃げろ!」

また、
グイグイ。
グイグイ。
わたしの手をひいて
わたしの手にサエちゃん。

グイグイ。
グイグイ。

わたしね。
このままどこかへつれさってくれたらいいのにな、って。

20.

わたしの「夏休みの目標」は、
あれから5桁目で止まったまま。

でもね。
サエちゃんのおかげで、

窓辺に咲いた。
夏いちりん。

ねぇ。知ってた？
キキョウの青って、青空にとっても合うの。

夕立があがって。その窓辺を風が通る。

　キキョウに向かって、
「わたしのこと、きらい？」
　そしたらね。
　小さく首をふるんだよ。

　じゃあ、ねー。

「次はチューするの？」

　この質問では、
　ちょっぴりズルして、
　指でちょこんと押して。

　コクンコクン。

「よろしい！」

　あ。お母さんが呼んでる。
「和美ー。浴衣、仕上がってきたわよー。下りてらっしゃい」

「はぁーい」

好評新刊 SHOGAKUKAN BUNKO

やさぐれぱんだとうさぎとかめ 山賊

『うさぎとかめ』の物語は本当にあり得るのか？ その真相に"やさぐれぱんだ的"に迫った長編書き下ろし！

夢幻漂流 大石直紀

静岡県の山中で発見された白骨死体。被害者らしき女性の足跡を中年刑事が追跡するが、彼が最後に見るものは？

ちゃんと伝える 百瀬しのぶ

EXILEのAKIRA初主演！ 死を目前にした父親と息子、究極の家族愛を描いた新作映画を完全ノベライズ。

空 Chaco

20万ヒットを記録したケータイ小説、待望の文庫化！ ファンからの実話を元に紡がれた、せいいっぱいの恋物語。

ぼくたちと駐在さんの700日戦争5 ママチャリ

時は1970年代。田舎町に住むヤンチャでムチャな男子高校生が、駐在さんと繰り広げるイタズラ合戦、第五弾。

アタシちゃん ねもゆか

恋愛とは何か、仕事とは何か、人生とは何かを、しみじみと考えさせられる、働く女性を応援するコミック・ノベル。

SHOGAKUKAN BUNKO 好評新刊

サブウェイ123 激突
ジョン・ゴーディン、ジョン・トラボルタ主演/訳
伏見威蕃/訳

2009年9月、デンゼル・ワシントン、ジョン・トラボルタ主演で公開される、話題のサスペンス映画原作小説。

心を癒す 漱石の手紙
矢島裕紀彦

筆まめで面倒見が良く、ユーモラスでときに辛辣。遺されたたくさんの書簡から浮かび上がる、文豪の意外な素顔。

帝王
倉科 遼

連続テレビドラマ『帝王』(主演・塚本高史)の原作小説、初の文庫化！若きキャバクラ帝王のサクセス物語。

銀しゃり
山本一力

いちずに商いに励む鮨職人・新吉と旗本勘定方・小西秋之助。江戸・深川に生きる男たちの仕事、人情、心意気を描く。

BALLAD 名もなき恋のうた
百瀬しのぶ

時空を超えた恋の行方は？ オトナも泣いたアニメ『クレヨンしんちゃん』の実写リメイク映画を完全ノベライズ！

ぼくとママの黄色い自転車
藤田杏一

パリにいるはずのママが小豆島に。少年は愛犬とともに自転車に乗って、横浜から瀬戸内海をめざして旅に出た。

好評新刊

SHOGAKUKAN BUNKO

感染列島 パンデミック・デイズ
吉村達也

史上最悪のウイルス、日本上陸！どんなに凶悪であったとしても、人間がウイルスに負けるわけにはいかない。

名探偵・星井裕の事件簿 京都祇園舞妓 追想の殺人
柏木圭一郎

野際陽子氏、辰巳琢郎氏も推薦！極みの京都、グルメミステリー最新作！読み終えた時から、あなたも京都通。

二度目のノーサイド
堂場瞬一

煮え切らないサラリーマン人生を送っている元実業団ラガーマンの桐生。友の死をきっかけに自らの再生を目指す。

国芳一門浮世絵草紙3 鬼振袖
河治和香

書評家に絶賛された国芳と娘・登鯉、一門を描く時代シリーズ第三弾！恋に仕事に、揺れる登鯉19歳の娘心を描く。

地獄太夫 やなぎばし浮舟亭秘め暦
森 真沙子

「妓楼（ここ）では、命を落とす客がいても不思議はないのさ」──花柳ミステリーの傑作書き下ろし時代小説。

遠野・八幡平 殺意の鉱脈
金久保茂樹

時効間近の殺人事件を追っていた刑事が殺された！美女の美代川麗子が活躍するトラベルミステリー最新作！

SHOGAKUKAN BUNKO

好評新刊

山下洋輔の文字化け日記
山下洋輔

ジャズ界きっての知性派ピアニストにして抱腹絶倒の名エッセイスト。10年ぶりの新エッセイ集が文庫で初登場!

[文庫版]メタルカラーの時代15
町工場からノーベル賞まで
山根一眞

二人のノーベル賞受賞科学者に加え、独創的なアイデアを持つ16企業のモノ作りの英知たちから徹底的に訊いた。

歴史の風 書物の帆
鹿島 茂

一冊入魂!作家、仏文学者、そして稀代の読書家でもある著者による、「読むこと」への愛と叡智に満ちた書評集。

夜回り先生と
夜眠れない子どもたち
水谷 修

いじめ、不登校、クスリ、リストカッター――すべての悩める子供たちに向けて『夜回り先生』シリーズ第二弾!!

小説・吉田拓郎
いつも見ていた広島
田家秀樹

1960年代半ば、まだまだ戦争の爪跡が色濃く残る広島で、バンド活動に打ち込んだ若者たちの青春群像を描く。

群青
宮木あや子

美しすぎるひとりの娘と、娘を愛しすぎてしまった3人の男たちが沖縄の離島を舞台に繰り広げる、愛の攻防――。

時をも忘れさせる「楽しい」小説が読みたい！

【募集】小学館文庫小説賞

【応募規定】

〈募集対象〉 ストーリー性豊かなエンターテインメント作品。プロ・アマは問いません。ジャンルは不問、自作未発表の小説（日本語で書かれたもの）に限ります。

〈原稿枚数〉 A4サイズの用紙に40字×40行（縦組み）で印字し、75枚（120,000字）から200枚（320,000字）まで。

〈原稿規格〉 必ず原稿には表紙を付け、題名、住所、氏名（筆名）、年齢、性別、職業、略歴、電話番号、メールアドレス(有れば)を明記して、右肩を紐あるいはクリップで綴じ、ページをナンバリングしてください。また表紙の次ページに800字程度の「梗概」を付けてください。なお手書き原稿の作品に関しては選考対象外となります。

〈締め切り〉 毎年9月30日（当日消印有効）

〈原稿宛先〉 〒101-8001 東京都千代田区一ツ橋2-3-1 小学館 出版局「小学館文庫小説賞」係

〈選考方法〉 小学館「文庫・文芸」編集部および編集長が選考にあたります。

〈当選発表〉 翌年5月刊の小学館文庫巻末ページで発表します。賞金は100万円（税込み）です。

〈出版権他〉 受賞作の出版権は小学館に帰属し、出版に際しては既定の印税が支払われます。また雑誌掲載権、Web上の掲載権及び二次的利用権（映像化、コミック化、ゲーム化など）も小学館に帰属します。

〈注意事項〉 二重投稿は失格とします。応募原稿の返却はいたしません。また選考に関する問い合わせには応じられません。

第1回受賞作
「感染」
仙川 環

第6回受賞作
「あなたへ」
河崎愛美

第9回受賞作
「千の花になって」
斉木香津

第10回受賞作
「神様のカルテ」
夏川草介

＊応募原稿にご記入いただいた個人情報は、「小学館文庫小説賞」の選考及び結果のご連絡の目的のみで使用し、あらかじめ本人の同意なく第三者に開示することはありません。

本書のプロフィール

本書は、小学館文庫のために書き下ろされた作品です。

シンボルマークは、中国古代・殷代の金石文字です。宝物の代わりであった貝を運ぶ職掌を表わしています。当文庫はこれを、右手に「知識」左手に「勇気」を運ぶ者として図案化しました。

「小学館文庫」の文字づかいについて

- 文字表記については、できる限り原文を尊重しました。
- 口語文については、現代仮名づかいに改めました。
- 文語文については、旧仮名づかいを用いました。
- 常用漢字表外の漢字・音訓も用い、難解な漢字には振り仮名を付けました。
- 極端な当て字、代名詞、副詞、接続詞などのうち、原文を損なうおそれが少ないものは、仮名に改めました。

ぼくたちと駐在さんの700日戦争 5

著者　ママチャリ

2009年8月11日　初版第一刷発行
2009年12月7日　第四刷発行

編集人 ── 菅原朝也
発行人 ── 飯沼年昭
発行所 ── 株式会社 小学館
〒101-8001
東京都千代田区一ツ橋二-三-一
電話
編集〇三-三二三〇-五一三四
販売〇三-五二八一-三五五五
印刷所 ── 中央精版印刷株式会社

©Mama-chari 2009 Printed in Japan
ISBN978-4-09-408415-3

造本には十分注意しておりますが、印刷、製本など製造上の不備がございましたら「制作局コールセンター」（フリーダイヤル〇一二〇-三三六-三四〇）にご連絡ください。（電話受付は、土・日・祝日を除く九時三〇分〜一七時三〇分）

本書を無断で複写複製（コピー）することは、著作権法上の例外を除き、禁じられています。本書をコピーされる場合は、事前に日本複写権センター（JRRC）の許諾を受けてください。
R〈日本複写権センター委託出版物〉
JRRC (http://www.jrrc.or.jp
eメール info@jrrc.or.jp
☎〇三-三四〇一-二三八一)

この文庫の詳しい内容はインターネットで
24時間ご覧になれます。
小学館公式ホームページ
http://www.shogakukan.co.jp

小学館文庫